Bore Da

Golygyddion Cyfres y Dderwen:
Alun Jones a Meinir Edwards

Bore Da

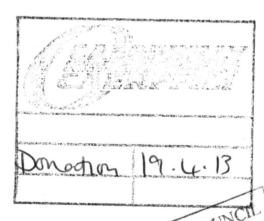

Gwennan Evans

y Lolfa

Hoffai'r awdur ddiolch i Ysgol y Gymraeg
Prifysgol Caerdydd, i Llwyd Owen,
i Meinir Wyn Edwards a staff y Lolfa, i Lianne
Harrison, ac i'w theulu, ei ffrindiau a Gruff.

Argraffiad cyntaf: 2012

*Ffuglen yw'r gyfrol hon. Er ei bod yn cynnwys cyfeiriadau
at bobl a lleoliadau go iawn, maent yn ymddangos mewn
sefyllfaoedd dychmygol, a chyd-ddigwyddiad llwyr yw'r tebygrwydd
i bobl neu sefyllfaoedd sy'n bodoli mewn gwirionedd.*

Comisiynwyd y gyfrol hon gyda chymorth ariannol
Adran AdAS Llywodraeth Cymru

Cynllun y clawr: Lianne Harrison

Rhif Llyfr Rhyngwladol: 978 1 84771 466 4

Cyhoeddwyd ac argraffwyd yng Nghymru
gan Y Lolfa Cyf., Talybont, Ceredigion SY24 5HE
gwefan www.ylolfa.com
e-bost ylolfa@ylolfa.com
ffôn 01970 832 304
ffacs 832 782

Yn y bore

Roedd Alaw Mai yn ei gwaith ymhell cyn iddi wawrio. Dim ond am rai wythnosau yng nghanol yr haf y gwelai fymryn o olau dydd cyn cyrraedd y stiwdio. Ond roedd hi'n hen gyfarwydd â hynny bellach, ac wedi cynefino â pheidio â gweld 'run enaid byw oni bai am ambell fan laeth ar ei ffordd i'w gwaith. Fyddai Richie ddim yn cyrraedd y gwaith tan oriau yn ddiweddarach. Ond cyflwynydd oedd e a chynhyrchydd oedd hi.

Bu Alaw Mai yn gweithio gyda Richard Edwards am bymtheng mlynedd cyn sylweddoli ei fod yn drewi. Nid oedd Alaw erioed wedi bod yn ddigon agos ato cyn hynny i sylwi. Dim ond trwy'r gwydr rhwng y stiwdio ddarlledu a'r ystafell gynhyrchu roeddent wedi cyfathrebu, drwy agor y meic a gysylltai'r naill stafell a'r llall – a da o beth oedd hynny mae'n siŵr, o ystyried y drewdod.

Sioe Richard Edwards oedd enw'r rhaglen radio yn y dyddiau cynnar, cyn iddi ennill ei phlwyf a throi'n *Sioe Richie*. Erbyn hyn, roedd y rhaglen wedi symud i oriau brig yr orsaf a *Bore da, Rich* oedd ei henw.

Nid dod i siarad ag Alaw oedd Richie pan sylwodd hi ar y drewdod. Dod i fytheirio arni wnaeth e, gan nad oedd ei goffi'n ddigon ffrothlyd. Taflodd ei fŵg ar y llawr mewn tymer ddrwg nes bod llun ei wyneb ar y tsieina tew yn ddau ddarn, a thraed sandalog Alaw Mai dan gawod o *gappuccino*. Dechreuodd ei yrfa'n barchus fel DJ Richard Edwards ond buan iawn y bedyddiwyd ef gan staff yr orsaf yn 'Dic Ed'.

Roedd Alaw wedi bod yn y stiwdio ers oriau. Roedd hi wedi llwytho pob cân, jingl, hysbyseb a thrêl i'r cyfrifiadur, wedi argraffu copïau o drefn y rhaglen, wedi sicrhau bod y llinellau ffôn yn gweithio ac wedi golygu'r sgyrsiau a recordiwyd o flaen llaw a gâi eu chwarae pan fyddai Richie angen mwgyn. Fflachiodd y ffôn mud yn y stiwdio ac fe ganodd y ffôn yn yr ystafell gynhyrchu. Paul y porthor oedd yno.

"Mae e 'ma," sibrydodd.

"Diolch," atebodd Alaw cyn bwrw'r ffôn yn glep i'w grud.

Allgofnododd Alaw o'r cyfrifiadur yn y stiwdio ar fyrder a theipiodd enw defnyddiwr Richie yn y blwch priodol fel mai dim ond ei gyfrinair fyddai ei angen arno pan gyrhaeddai. Symudodd y meic i'w le, trodd y golau'n isel, fel yr hoffai Richie, nes bod y lle'n edrych fel rhyw fath o long ofod a chododd lefel sain y clustffonau i'r pen, cyn rhedeg i'r ystafell gynhyrchu a chymryd ei lle arferol. Roedd hi wedi sylwi bod ei glyw, fel ei chlyw hithau, wedi dirywio'n raddol gyda phob blwyddyn o weithio i Pawb FM.

Hyrddiodd Richie i mewn i'r stiwdio a'i hen wynt yn ei ddwrn fel pe bai pwysau'r byd ar ei ysgwyddau. Arferai Alaw ei gyfarch wrth iddo gyrraedd gyda "Bore da Rich!" siriol, ond blinodd ar fod yn serchog. Roedd hi bellach yn *bored* 'da Rich. Aeth Richie ati'n syth i fewnbynnu ei gyfrinair, ac wrth i'r peiriant lwytho, tynnodd ei got ledr a'i sgidiau a gwneud ei hun yn gyfforddus am y pedair awr nesaf. Pan fyddai'n ddiwrnod gwyntog, byddai Richie yn gwisgo het, a byddai'n cymryd oes i'w diosg yn ofalus, rhag iddo dynnu ei wîg yn ogystal. Byddai'n gwneud hyn yn gynnil yn y gornel dywyll er ei bod hi'n amlwg i'r byd a'r betws mai ffugwallt oedd am ei gorun moel.

Aeth ati i brofi lefel y meic, er nad oedd neb arall yn cael defnyddio'r stiwdio, ar wahân i Alaw a fyddai'n cyflwyno ei raglen ar yr adegau prin pan fyddai'n sâl neu'n gorfod cymryd gwyliau. Aeth ati i ymarfer y darn croesawu ar dop y rhaglen roedd Alaw wedi'i deipio ar ei gyfer a hynny mewn ffont Comic Sans maint 18, ar ei gais. Roedd ei olwg, fel ei glyw, wedi dirywio ar hyd y blynyddoedd ac roedd ei fol wedi tyfu nes ei fod erbyn hyn yn edrych fel pe bai'n cario efeilliaid.

Daeth hi'n saith o'r gloch a tharodd Richie y jingl oedd yn hysbysu'r genedl ei fod e yno, ac yno i aros am bedair awr. Prin y gallai Alaw adnabod ei llais hi ei hun arno erbyn hyn. Recordiwyd y jingl eiconig pan ddechreuodd hi weithio ar raglen Richie, bron i bymtheng mlynedd 'nôl, pan oedd hi a'i chwe ffrind yn y grŵp Enfys. Pan oedd ei gwallt yn hirach a'i sgertiau'n fyrrach.

Agorodd Richie ei feic a goleuodd y golau coch ar y wal i ddangos eu bod nhw'n fyw ar yr awyr. Roedd ei lais yn gryg o ganlyniad i'r holl sigaréts.

"Bore da, *ladies*..." Gadawodd rai eiliadau o saib er mwyn i'w ffans gael ymateb "Bore da, Rich!" wrth eu setiau radio.

"Gobeithio eich bod chi'n barod am sioe lawn dop arall gyda fi, Richie Edwards – yma tan un ar ddeg... yn barod i wneud *unrhyw beth* i'ch cadw chi'n hapus y peth cyntaf yn y bore. Beth wedoch chi? Wwww, comon y'ch chi bore 'ma! A hithe ond yn saith o'r gloch!"

Roedd Richie'n symud ei ddwylo fel pe bai'n byped wrth adrodd yr un hen gyfarchiad. Gwthiai ei geg yn agos at y meic, fel pe bai hwnnw'n glust y byddai'n sibrwd cyfrinachau budron iddi. Wrth ddod at ddiwedd linc, byddai bysedd tew Richie yn dechrau ymestyn at yr allweddell fyddai'n rheoli ei ganeuon. Byddai Alaw'n sicrhau bod yr allweddell hon yn eistedd ar ymyl y ddesg gan y byddai anferthedd bol Richie yn ei gwneud hi'n anodd iddo gyrraedd unrhyw beth ym mhen draw'r ddesg.

"Ta beth, well i ni symud 'mlaen... ar y rhaglen y bore 'ma... sgwrs gyda Meira Rees o Bontardawe sy'n ysu am un hir... sgarff, hynny yw... Mae hi ac aelodau'r Clwb Crefftau lleol yn bwriadu gwau sgarff milltir o hyd i godi arian i adnewyddu'r festri lle maen nhw'n cyfarfod. Bydd angen sgarff cyn hir hefyd – byddwn ni'n troi'r hen glocie 'na mewn dim o dro. Yn ein slot 'Bore Godwyr' byddwn ni'n cael gair yn fyw gyda Lisa Lee o Gaergybi sydd wedi codi'n gynnar iawn y bore 'ma i fynd yr holl ffordd i Fanceinion ar gyfer clyweliadau'r *X Factor*. Bydd Gladys Mair o Linell Gymorth CIW Cymru – Clust i Wrando Cymru – yn ein harwain ni at Newyddion Naw drwy'n rhybuddio ni am sgamiau drwy'r post sy'n gallu bod yn hynod dwyllodrus... ac yn beryglus hyd yn oed, felly arhoswch gyda ni. Bydd Ruth Hughes yn chwilio am ddynion – dyw un ddim yn ddigon i rai. Baswyr yn benodol – bydd y cyfan yn cael ei ddatgelu yn y man.

Ac i goroni'r cyfan mae gyda ni'r anfarwol June Jones o Dregarth fydd yn ymuno â fi am glonc... ie, *clonc* ddwedes i... clonc dros baned toc wedi deg o'r gloch yn ein slot 'Rich-T'. Cofiwch gadw'r ffôn yn gynnes ar y bore oer 'ma o hydref. Ewch i nôl darn o bapur a beiro achos 'na i adrodd y rhif cyn hir. Ond yn gyntaf, odych chi yn y mŵd? Dwi yn y mŵd, ond dyma gân i'ch rhoi chi a fi yn y mŵd gyda'n gilydd..."

Y cyntaf i ffonio Alaw yn yr ystafell gynhyrchu y bore hwnnw oedd June Jones o Dregarth, neu o leiaf, dyna'r rhif ymddangosodd ar y sgrin.

"Wel, y'ch chi'n barod amdani, June? Shwt aeth yr apwyntiad yr wythnos dwetha?" gofynnodd Alaw.

"Janice sy 'ma, Alaw fach..."

"Dyw hi ddim yn bryd i chi ei throi hi am yr ysgol, Janice? Neu odi'r plant 'co am lwgu 'da chi heddi?"

"Ia, mi af i toc. Isho ymddiheuro o'n i. 'Di Mam ddim yn gallu gwneud slot 'Rich-T' i chi heddiw."

Roliodd Alaw ei llygaid. Doedd Richie ddim yn gallu ymdopi gydag unrhyw newid i'r drefn.

"Pam lai, Janice fach?"

"Dw i'n meddwl ei bod hi wedi marw."

Erbyn deg o'r gloch, roedd Janice wedi derbyn cyngor Alaw – wedi galw doctor a gadarnhaodd fod ei mam wedi mynd, wedi ffonio'r ymgymerwr lleol ac wedi cael ei pherswadio i beidio â mynd i'r gwaith. Ond roedd Janice hefyd wedi'i hargyhoeddi ei hun y byddai'n syniad da iddi hi fynd ar yr awyr i gyhoeddi'r newyddion trist i'r genedl fod ei mam wedi marw. Roedd Richie hefyd wrth ei fodd â'r syniad, gan ei fod wastad wedi dwlu ar June

Jones ac roedd hyd yn oed yn ddiolchgar iddi am amseru ei marwolaeth mor dda.

Piciodd Alaw i'r tŷ bach pan oedd Janice ar yr awyr. Roedd nerfau Richie'n rhacs pan fyddai Alaw'n gadael yr ystafell gynhyrchu yn ystod y rhaglen a byddai hi'n ceisio osgoi cael unrhyw beth i'w yfed cyn deg y bore. Ond roedd yn rhaid iddi gael pum munud o lonyddwch heddiw. Eisteddodd yno am rai munudau mewn anghrediniaeth. Roedd nifer o eitemau hurt wedi bod ar *Bore da, Rich* ar hyd y blynyddoedd ond roedd hyn yn mynd yn rhy bell. Er nad oedd Alaw erioed wedi cyfarfod â June, ni allai ond teimlo ei bod hi wedi colli ffrind. Fyddai Richie ddim yn teimlo unrhyw beth wrth gwrs. Creadur felly oedd e. Chafodd Alaw ddim gair o gydymdeimlad ganddo pan gollodd hi ei mam a'i thad, a doedd dim ots ganddo am y gwrandawyr chwaith, cyhyd â'u bod nhw yno, i wneud ffyliaid ohonyn nhw'u hunain wrth sgwrsio gydag e a pheri iddo yntau deimlo'n bwysig.

Dechreuodd June ffonio rhaglenni Pawb FM wedi iddi golli'i gŵr, a byddai hi'n boen mewn gwirionedd, yn galw byth a beunydd. Daeth Alaw yn dipyn o ffefryn iddi. Dywedai nad oedd gan staff y rhaglenni eraill mo'r amser na'r amynedd i sgwrsio, a dim ond rhaglen Richie fyddai'n fodlon chwarae ei cheisiadau am y caneuon mwyaf torcalonnus yn y byd. Byddai hi'n dweud wrth Alaw ei bod hi'n hoffi gofyn am ganeuon a chael ei henw ar yr awyr er mwyn ei hatgoffa ei hun ei bod hi'n bodoli. Roedd Alaw wedi treulio oriau yn sgwrsio â hi gan ei bod hi'n gwybod ei hunan beth yw bod yn unig.

Ond gwellodd pethau i June pan gafodd Janice, ei merch, ysgariad a symud 'nôl i fyw ati ac erbyn hyn, câi ei hystyried yn dipyn o haden. Roedd June ac Alaw ill dwy yn mwynhau gwau a byddai June yn anfon patrymau i Alaw drwy'r post os gwelai hi batrwm gwisg i fabis. Roedd hi wedi dod yn arferiad i Alaw a Richie dderbyn siwmper yr un oddi wrthi yn y post bob Nadolig.

Aeth Alaw â radio fach i'r tŷ bach gyda hi. Nid bod y rhaglen mor dda fel na allai ystyried colli eiliad ohoni ond rhag ofn y byddai'n rhaid iddi redeg 'nôl i'r stiwdio mewn argyfwng technegol – er na fu'n rhaid iddi hi wneud hynny erioed o'r blaen. Doedd ganddi ddim math o awydd mynd yn ôl, ond allai hi ddim cuddio yn y toiled drwy'r dydd, chwaith. Golchodd ei dwylo a dechreuodd wrando ar Janice yn mynd drwy'i phethau ar ei radio fach...

"Gyda llaw Rich, ro'n i'n meddwl gofyn – dw i'n trio trefnu'r cnebrwng dydd Mercher a meddwl oeddwn i, tybed a fyddach chi ar gael i ddeud gair? Cyn i'r cyrtans gau a ballu. Gan ei bod hi'n un o'r ffyddloniaid. Nain Richie fyddai plant 'y mrawd yn ei galw hi. Chi oedd bob dim iddi hi. Dyna'r rheswm pam oedd hi'n codi yn y bore..." Ochneidiodd Alaw. Pobol fel Janice oedd yn gwneud i Richie deimlo ei fod yn well na phawb arall ac y gallai ei thrin hi fel baw.

"O, cariad bach... ma hi'n anodd, on'd yw hi... chi'n gwbod y bydden i'n dwlu bod 'na ond fydda i ddim ar gael. Ond fi'n siŵr y bydd Alaw Mai, sy'n ateb y ffôn ar Pawb FM, yn ei hystyried hi'n fraint ac yn anrhydedd i weud gair bach drosto i."

Dechreuodd Alaw duchan uwch y sinc. Ateb y ffôn?! Hi oedd y cynhyrchydd! Roedd hi'n digwydd bod yn ateb y ffôn hefyd gan fod yr orsaf yn rhy fên i dalu am rywun arall i weithio mor gynnar yn y bore. Hi fyddai'n gorfod achub y dydd eto fyth. Syllodd yn y drych wrth sychu ei dwylo ym mhen-ôl ei jîns tyn. Doedd byth tywelion papur yno mor gynnar yn y bore.

Yn wahanol i'w chyfoedion, doedd Alaw ddim wedi magu pwysau ers gadael y coleg. Ond roedd y rhan fwyaf o'i ffrindiau wedi cario dau o blant erbyn hyn. Gan fod Alaw hefyd yn dal, gallai wisgo'r hyn y mynnai. Doedd ganddi ddim bol gwerth sôn amdano, ond roedd hi wastad yn poeni ei fod yn bochio dros dop ei throwsus, a byddai wastad yn ei sugno i mewn wrth astudio'i hadlewyrchiad. Ceisiodd wenu ond roedd yn ormod o ymdrech gan fod croen ei thin ar ei thalcen. Gwyddai fod ganddi wyneb tlws ond edrychai ei llygaid glas yn bŵl a dagreuol a'i chroen yn welw. Er mai gwallt golau oedd ganddi'n naturiol, edrychai'r gwreiddiau'n ddu o'u cymharu â'r gweddill a oedd wedi cael lliw o botel. Gan nad oedd hi wedi mynd i'r drafferth i'w olchi y bore hwnnw, hongiai o gwmpas ei hwyneb yn llipa.

Er mai hi fyddai'n achub croen Richie unwaith eto, doedd hi ddim yn teimlo fel arwres a doedd ganddi ddim math o awydd mynd yr holl ffordd i Dregarth i angladd June. Meddyliodd beth fyddai pobol yn ei ddweud amdani hi pe bai hi'n cael ei tharo gan fws yfory. "Alaw Mai, 36 oed. *Rich's bitch*. A dyna fe. Amen."

Pan ddychwelodd at ei chyfrifiadur, roedd e-bost yn ei disgwyl wrth y dyn ei hun. Byddai'n aml yn cyfansoddi e-byst neu'n chwarae gwyddbwyll ar ei gyfrifiadur wrth i gyfranwyr ar ben arall y ffôn baldaruo ar yr awyr. Neges fer, syml, uniongyrchol oedd hi.

DO NOT LEAVE THE STUDIO DURING MY PROGRAMME.

Roedd yn mynnu e-bostio yn Saesneg. Rhywbeth arall amdano a gythruddai Alaw. Llusgodd y neges i ffolder o'r enw 'Dic' lle byddai hi'n cadw negeseuon i'r perwyl hwn. Negeseuon blin mewn llythrennau bras yn cwyno am bawb a phopeth. Anaml y byddai'r cwynion am bethau oedd yn effeithio ar y rhaglen. Roeddynt yn bethau personol – y stiwdio'n rhy gynnes neu'r beiros ddim at ei ddant. Weithiau byddai hi'n ysu am allu eu dileu i gyd ond roedd rhywbeth yn ei rhwystro. Roedd fel pe bai hi eisiau eu cadw fel prawf o'r hyn roedd hi wedi'i ddioddef ar hyd y blynyddoedd, rhag ofn y byddai hi'n dod o hyd i rywun, rhyw ddydd, fyddai â'r amser a'r amynedd i wrando arni.

Agorodd ffeil newydd a'i galw'n 'Angladd June', ond eisteddodd o flaen ei sgrin wag am amser hir cyn dechrau ysgrifennu ei haraith angladdol. Roedd hi'n hen gyfarwydd â sgwennu rwtsh ar ran Richie ac wedi dod i adnabod June mor dda. Roedd ganddi'r penwythnos ar ei hyd i weithio ar yr araith felly caeodd y ddogfen newydd o'i blaen ac agor hen, hen ddogfen. Dogfen yr oedd hi wedi syllu arni ganwaith ond erioed wedi'i hargraffu. Dogfen oedd yn byw'n ddedwydd yng nghrombil ei pheiriant. Dogfen y gallai anwybyddu ei bodolaeth tan ei hargraffu ar ddu a gwyn. Dogfen o'r enw 'Llythyr Ymddiswyddo'.

Rhywbeth o'i le

Byddai Richie fymryn yn hwyrach na'r arfer yn cyrraedd adre o'i waith ar ddydd Mawrth gan y byddai'n galw am fag o sglodion iddo fe a'i fam i'w rhannu i ginio. Roedd y fan bysgod yn dod i'w stryd ar brynhawn Llun felly'r trefniant bob amser cinio dydd Mawrth oedd y byddai mam Richie'n delio â'r penfras a'r pys slwj, tra byddai Richie'n gyfrifol am ddarparu'r sglodion. Roedd Richie'n casáu pysgod, ond ddywedodd e ddim. Byddai'r tŷ'n drewi am oriau, ond ers i'w fam symud ei chomôd o'i hystafell wely lan llofft i'r stafell fyw lawr llawr, roedd yr oglau pysgod yn gallu bod yn fendith.

Ond nid yr oglau oedd yr unig broblem. Roedd tyrchu drwy'r esgyrn a'r croen yn troi arno, a byddai ei bigo cyndyn ar y saig yn gwylltio'i fam. Byddai hi'n bwyta pysgodyn i ginio bob dydd pe na baen nhw mor ddrud. Cerddodd Richie am ei gartref gan sgwlcan ambell un o'r sglodion ar y ffordd. Pe bai'n seren go iawn, byddai rhywun wedi tynnu llun ohono'n sglaffio'n gyhoeddus ar gyfer cylchgrawn *Heat* ers tro. Ond gwyddai Richie nad oedd yn adnabyddus o gwbwl yn eu stryd nhw. Roedd yn gymeriad mor ddisylw â'r hen wraig â'r sgwter trydan yn rhif saith, y dyn moel â'r tatŵs yn rhif wyth, y teulu Asiaidd yn rhif naw neu'r cwpwl ifanc yn rhif deg. Ond gwyddai Richie hefyd nad oedd yn bwysig hyd yn oed yn ei gartref ei hun.

Agorodd y drws gan ddisgwyl clywed arogl y pysgodyn yn bwrw'i ffroenau, sŵn ei fam yn straffaglu yn y gegin a *60 Minute Makeover* ar fin dechrau ar y teledu ond doedd dim arwydd o fywyd yn unlle. Cymerodd gip ar ei oriawr – pum munud i hanner dydd – yr union amser yr arferai gyrraedd 'nôl. Sylwodd fod y tŷ'n dywyll ac aeth rhyw deimlad o arswyd drwyddo. Trodd y swits golau ond ddigwyddodd ddim byd. Roedd yn rhaid fod y bwlb wedi ffiwsio.

"Mam?" holodd.

Cymerodd gip yn yr ystafell fyw, y parlwr a'r gegin ond doedd dim golwg ohoni. Datglôdd ddrws y cefn a rhoi hergwd iawn iddo i'w agor, rhag ofn ei bod hi wedi mentro i'r ardd. Doedd hi heb fynd allan, ond roedd yr ardd yn awyddus i ddod mewn i'r tŷ. Trodd ei gefn ar y drysni a dringodd y grisiau gwichlyd gan fentro y byddai hi'n nythu ar y porslen pinc ond roedd drws y stafell ymolchi ar agor led y pen, heb 'run enaid byw.

Daeth i'r casgliad fod ei fam wedi'i adael. Syllodd ar ei gorff yn y drych hir ar y landin. Roedd wedi heneiddio tipyn yn y blynyddoedd diwethaf, ers troi'n ddeugain, ac wedi magu tipyn o bwysau. Rhoddodd ei law ar fwlyn drws ystafell wely ei fam cyn cachgïo a throi i wneud yn siŵr nad oedd hi'n digwydd bod yn ei stafell e. Doedd dim golwg ohoni yno, felly roedd yn rhaid ei bod hi, fel June Jones druan, wedi cicio'r bwced. Teimlodd lwmpyn poenus yn tyfu yn ei wddf a dagrau'n cronni yn ei lygaid. Doedd Richie ddim yn gallu ymdopi â newid i'w drefn.

"Mam?" gofynnodd am yr eildro, rhag ofn, wrth agor y drws yn dyner ond roedd y gwely'n wag ac wedi'i dynnu'n daclus a'i gŵn nos flodeuog yn hongian y tu ôl i'r drws, fel arfer. Eisteddodd ar y gwely mewn penbleth a theimlo gwres potel ddŵr poeth yn codi'n annifyr oddi tano, fel pe bai wedi dechrau gwlychu ei hun eto. Teimlodd don o ofn yn codi drosto. Ceisiodd gofio a oedd wedi llyncu ei dawelyddion yr un pryd â'i dabledi gwrth-iselder y bore hwnnw. Cofiodd y cyngor a gawsai ynghylch beth i'w wneud pan fyddai hyn yn digwydd a dechreuodd ganolbwyntio ar anadlu'n gyson. Tarfwyd arno pan ganodd y ffôn oedd gan ei fam wrth ymyl y gwely, ymysg ei holl feddyginiaeth a'i gwydryn dannedd gosod. Roedd yn gas ganddo ateb y ffôn ac o dan amgylchiadau arferol byddai wedi gadael iddo ganu.

"Helô?" gofynnodd.

"Helô Richard, Win sy 'ma."

"Win?"

"Winston, o Bingo."

Win oedd yn cynnal 'Win's Bingo', neu 'Bingo Win's' fel y gelwid y noson lle byddai'r rhifau'n cael eu galw yn Gymraeg. Doedd Richie a'i fam heb fynd yno ers blynyddoedd, ond byddai ei fam yn sôn am Win bob hyn a hyn.

"Newydd gyrraedd adre wyt ti?" meddai Win.

"Fwy neu lai."

"O, da iawn. Ti siŵr o fod yn ffaelu deall beth sy 'di digwydd. Gwranda, Richard, ma dy fam wedi cwmpo lawr yr hen staer 'na y bore 'ma. Do'dd hi ddim wedi bod ar lawr am amser hir, paid becso. Mae hi'n cael *X-ray* ar hyn o bryd. Maen nhw'n poeni am y pelfis. Alli di ddod draw? Ward un deg un. Ma 'da fi ei bag molchi, gŵn nos glân a'i phils hi."

"Beth o'ch *chi'n* neud…"

"Dim ond galw draw ar y ffordd i Tescos o'n i. Gewn ni air nes mlaen. Rhaid i fi fynd, mae'r nyrs moyn gair."

"Ward un ar ddeg wedoch chi?" gwiriodd Richie.

"Ie. Meddwl am goese dy fam. *Legs eleven*. Twdalŵ."

Doedd ei fam erioed wedi sôn bod Win yn galw i'w gweld hi. Ych a fi! Roedd y ddau dros eu pedwar ugain! Pa hawl oedd ganddo i alw heddiw o bob diwrnod? *Fe* ddylai fod yno. *Fe* oedd wastad wedi bod yno. Roedd wedi hen anghofio am ei batrwm anadlu cyson a chynheuodd sigarét yn y fan a'r lle. Gwyddai y byddai ei fam yn gandryll pe gwyddai ei fod yn ysmygu yn y tŷ, heb sôn am yn ei hystafell. Ffliciodd y llwch i'w phot piso pinc. Fyddai hi ddim callach. Yn union fel nad oedd e ddim callach am ei pherthynas gyfrinachol â Win.

Tynnodd y cortyn wrth y gwely i gynnau'r golau ond ddigwyddodd dim byd. Rhaid bod y bwlb hwnnw wedi ffiwsio hefyd. Ceisiodd gynnau'r golau yn y stafell molchi, y landin a'i stafell yntau, heb ddim lwc. Doedd e ddim yn gallu deall beth oedd wedi digwydd. Doedd hi ddim yn rhy dywyll yno nawr ond byddai'n annioddefol unwaith y byddai'n nosi ac roedd ofn tywyllwch arno ers pan oedd yn blentyn. Efallai bod y goleuadau i gyd wedi torri yn arwydd iddo fod ei fam wedi marw wrth gael pelydr-x. Efallai mai yntau fyddai nesaf. Taflodd ei sigarét lawr y toilet a rhuthro lawr y grisiau. Doedd golau'r gegin ddim yn gweithio chwaith. Doedd hyn erioed wedi digwydd o'r blaen. Roedd wedi gweld ei fam yn newid bwlb bob hyn a hyn, ond doedd erioed wedi gweld pob un bwlb yn ffiwsio ar yr un pryd. Roedd ei galon yn rasio. Byddai'n rhaid iddo fynd i brynu bylbiau.

Cath-rwfl

Roedd Catrin Rowlands, Prif Weithredwr Pawb FM, yn eistedd yn ei swyddfa fawr ar lawr uchaf y pencadlys pan ganodd ei iPhone. 'Fat Cat' fyddai'r rhan fwyaf o staff yr orsaf yn ei galw hi oherwydd ei maint a'r ffaith ei bod hi'n treulio tipyn o'i hamser mewn bar o'r un enw gyferbyn â'r swyddfa yng nghwmni pwysigion y byd darlledu yn y brifddinas. Fflosio ei dannedd ar ôl ei chinio oedd hi ar y pryd – gwnâi hyn sawl gwaith y dydd gan y byddai bwyd yn casglu rhwng ei dannedd cam ac roedd hi'n bwyta'n aml. Pan welodd mai Llinos, ei hen ffrind coleg oedd yno, cafodd deimlad annifyr fod rhywbeth wedi digwydd, gan mai anaml y bydden nhw'n cysylltu erbyn hyn.

"Llinos," meddai Catrin wrth ateb yr alwad.

"Catrin."

"Ble wyt ti? Ma tipyn o sŵn yn y cefndir."

"Tesco. Maen nhw newydd ailagor ar ôl ailwneud y lle ac mae hi dan ei sang 'ma a sneb yn gallu ffindio dim byd."

"Pam wyt ti'n sibrwd?"

"'Wy'n credu y dylet ti ddod draw."

"Wyt ti ar gomisiwn neu be? Yn Marks fydda i'n siopa," atebodd Catrin, gan glirio pecynnau ei chinio o'r siop honno i'r bin a sychu'r briwsion o'i thiwnig a'i throwsus llydan llwyd.

"Dim i siopa."

"Ond pam, be sy?"

"Richard. Fi'n credu bod e wedi cael un o'i bylie. Weles i fe'n dod mewn pan o'n i'n dewis bananas. Roedd e i'w weld yn gwbl normal. Anwybyddodd e fi – hen un sych fuodd e erioed."

Tuchodd Catrin yn ddiamynedd wrth i Llinos fynd rownd Sir Fôn er mwyn dweud yr hanes.

"A'r peth nesa glywes i oedd tamed bach o gythrwfl yn eil y bwyd wedi rhewi. Es i draw i weld, a dyna lle roedd Richie yn gweiddi 'Gad fi fod! Gad fi fod!' ac yn towlu pecynne o fwyd at y crwt 'ma oedd wedi'i wisgo fel morwr ac yn rhoi samplau o *fishcakes* am ddim i bobol. O'dd e'n wyllt. Gwthiodd e'r morwr 'ma i mewn i'r rhewgell cyn rhedeg am y *checkouts* gyda phecyn mawr o fylbs yn ei law."

"Reit? "

"Wel, es i i helpu'r crwt mas o'r rhewgell. Crwt bach Cymraeg neis oedd e. O'dd e'n dipyn o ffan o Richie. Doedd e ddim gwaeth, ond o'dd e wedi cael ofan mowr. Dim ond pys a waffls dowlodd Richie ato fe. Lwcus nad oedd e yn yr eil drws nesa, lle roedd *special offer* ar dwrcis wedi'u rhewi! Galle fe fod wedi'i ladd e!"

"Ble mae Richie nawr?"

"Mae e wedi cau ei hunan yn un o'r cytie 'na rwyt ti'n gallu parcio dy droli ynddyn nhw ac mae e'n gwrthod dod mas. Mae'n udo fel ci ac mae dynion diogelwch ar hyd y lle i gyd. Falle dylet ti ddod draw i dawelu pethe. Dw i ddim yn meddwl bod rhyw lawer wedi ei nabod e – ddim eto – dim ond fi a'r morwr."

Cipiodd Catrin ei bag llaw, a gyrrodd fel cath i gythraul am yr archfarchnad yn ei cherbyd chwim. Erbyn iddi gyrraedd, dim ond un dyn diogelwch oedd yn eistedd y tu fas i gwt Richie ac roedd hwnnw yn ceisio rhesymu ag e drwy'r drws. Wrth ei sodlau, roedd rheolwr y siop yn sefyll yn ddiamynedd. Doedd Llinos ddim ar hyd y lle chwaith, roedd hi wedi gorfod mynd i gyfarfod ei merch yn y dref. Roedd y llanast yn eil y bwyd wedi rhewi wedi'i glirio ac roedd arwyddion melyn yn rhybuddio bod y llawr yn wlyb. Doedd stondin y cacennau pysgod ddim wedi cael ei symud ac roedd siopwyr yn dal i bigo ar dameidiau o'r saig, fel gwylanod, er eu bod wedi hen oeri. Roedd y bachgen yn y siwt morwr yn eistedd yn swyddfa'r rheolwr, yn ceisio dod dros y sioc.

Roedd Catrin wedi delio â rheolwr y siop hon yn y gorffennol ac arweiniodd ef i'r naill ochr.

"Helô, Catrin Rowlands, Prif Weithredwr Pawb FM. Fy ffrind i sydd mewn fan'na."

Cododd y rheolwr ei aeliau mewn syndod wrth edrych ar ei sbectol di-rimyn a'i thalcen enfawr.

"Do'n i ddim yn sylweddoli eich bod chi, o bawb, yn ffrindiau â *rioters*!"

"Edrychwch, does neb wedi cael niwed…"

"Ydw i'n iawn i gredu mai un o'r cyflwynwyr sydd mewn fan'na?"

"Dy'n ni ddim yn moyn dim mwy o sôn am hyn. Chi'n deall? Dw i'n siŵr y galle Pawb FM hysbysebu'r siop ar ei newydd wedd, gyda'r Nadolig yn nesáu. Chi'n deall beth sydd 'da fi mewn golwg?"

"Beth am yr holl stoc sydd wedi'i ddifrodi?"

"Fe wnewn ni'ch digolledu chi am hynny, wrth gwrs."

"'Wy'n siŵr y gallwn ni ddod i ryw ddealltwriaeth," meddai'r rheolwr gan edrych ymlaen at weld sut byddai'r ddynes gron hon yn denu'r dyn gorffwyll allan o'r cwt.

"Diolch," atebodd Catrin ac aeth i gyrcydu o flaen cwt Richie. Cliciodd ei phengliniau tew yn y broses. Amneidiodd y rheolwr ar y dyn diogelwch i symud o'r ffordd. Dechreuodd sibrwd o dan y drws.

"Haia. Ti'n fy nghlywed i, Richard? Catrin sy 'ma. Paid â becso, mae popeth yn iawn. 'Wy'n mynd i fynd â ti gartref a bydd popeth yn iawn, ocê? Dw i wedi siarad â dyn y siop, a does neb yn grac gyda ti."

Dim ateb. Edrychai Catrin dros ei sbectol yn filain ar unrhyw siopwyr a fentrai rythu arnyn nhw.

"Richard?"

"Alla i ddim dod mas."

"Pam?"

"Alla i ddim dweud," atebodd Richie. Penliniodd Catrin gan y byddai'n fwy cyffordduss na chyrcydu. Edrychodd o'i chwmpas a sylwodd fod rhywun yn cyflwyno rhywbeth a edrychai fel anifail wedi marw i'r ferch y tu ôl i'r til gwasanaethau cwsmeriaid. Sylweddolodd Catrin yn syth mai wìg Richie ydoedd – hen wìg rad, dywyll, nad oedd byth yn gorwedd yn iawn ar ei ben, felly doedd ryfedd ei fod wedi ei cholli yn ei wylltineb. Aeth Catrin i'w nôl. Atgoffai hi o'r bwndel a welai pan fyddai'n gwagio'i Dyson. Fe'i llithrodd o dan ddrws y cwt i Richie. Clywodd hwnnw yn ei gwisgo yn y tywyllwch.

"Reit, wyt ti'n barod i ddod mas nawr?" holodd Catrin yn amyneddgar.

"Alla i ddim! Beth os bydd rhywun yn fy nabod i?"

"Aros eiliad," meddai Catrin a chododd yn lletchwith cyn dwyn bag plastig o un o'r tiliau. Roedd y ferch tu ôl i'r til ar fin gofyn am bum ceiniog ond amneidiodd y rheolwr arni i wneud eithriad yn yr achos anghyffredin hwn. Llithrodd y bag o dan y drws.

"Rho hwn dros dy ben ac fe wna i dy arwain di i'r car." Byddai'n llawer gwell gan Catrin adael y siop â bag plastig am ei phen na'r wìg afiach a wisgai Richie'n ddyddiol. Byddai wedi bod yn fendith pe bai honno wedi mynd ar goll am byth yn ystod y digwyddiad. Clywodd sŵn y bag yn ysgwyd am dipyn y tu ôl i'r drws yna gwelodd y bag yn cael i basio yn ôl ati.

"Sa i'n gallu ei agor. Mae'n rhy dywyll."

Agorodd Catrin y bag gydag anhawster cyn ei estyn yn ôl ato. Doedd ei hewinedd hir ddim wedi arfer â bagiau siopa rhad. Clywodd sŵn Richie yn ei wisgo.

"Pan wyt ti'n barod, 'wy moyn i ti agor y drws..." Clywodd Richie yn gwthio'r drws ond buan y sylweddolodd ei fod ar glo.

"Sori, ro'n i'n meddwl y bydde hi'n saffach i bawb," meddai'r dyn diogelwch a phrysurodd i ddatgloi'r drws. Edrychodd Catrin yn flin arno.

Daeth Richie allan o'r cwt yn gyndyn a gafaelodd Catrin yn ei fraich. Cerddodd am y car, gan edrych lawr ei thrwyn ar bawb, fel pe bai hi newydd wneud ei siopad wythnosol, yn hytrach nag yn gafael ym mraich dyn yn ei oed a'i amser oedd â bag am ei ben.

Hen aelwyd

Parciodd Catrin y tu fas i dŷ Richie. Roedd hi'n braf cael cwmni yn y car er nad oedd Richie wedi yngan gair a'i fod wedi mynd hanner y siwrne cyn diosg y bag. Parciodd y car mor agos â phosib i'r drws gan anwybyddu'r llinellau melyn. Roedd hi'n casáu gorfod parcio ar ochr stryd. Byddai hi wedi parcio ei Porsche yn y maes parcio aml lawr cyfagos oni bai ei bod hi hefyd yn casáu cerdded.

"'Wy'n cymryd bod dy fam gartre," meddai Catrin gydag awgrym o siom yn ei llais.

"Na."

"O. Wel, dere i'r tŷ i ni gael paned a sgwrs," meddai Catrin.

"Mae hi'n dywyll 'na. Dyna pam es i i'r siop. I brynu bylbs, ond do'n i ddim yn gallu'u ffindo nhw..."

"Sdim byd yn waeth na siope yn symud popeth. Digon i hala unrhyw un... wel... yn grac."

"A phan 'nes i'u ffindo nhw, odd gyment o ddewis. *Screw top*, *bayonet*, 40 watt, 60 watt, y pethe arbed ynni. Do'dd dim syniad 'da fi. A wedyn doth i bachgen 'na..." Dechreuodd ei lais grynu.

"Dere, ewn ni mewn," meddai Catrin, a chodi o'r car.

Sylwodd Catrin fod arwydd yn ffenest tŷ Richie yn hysbysu nad oedd croeso i bobol oedd yn gwerthu pethau, pobol grefyddol na phobol oedd yn casglu arian at elusennau. Gwyddai Catrin na fu erioed groeso iddi hi yno chwaith.

"Ble mae dy fam?" holodd Catrin gan wthio'r drws yn llydan agored er mwyn i'w chorff swmpus gael mynediad i'r cyntedd. Sylwodd Catrin nad oedd y lle wedi newid o gwbwl ers ugain mlynedd. Yr un papur wal, yr un carped ond doedd hi ddim yn cofio bod y lle'n drewi bryd hynny. Roedd drewdod hen bethau ymhobman – hen fwyd, hen lyfrau a hen bobol. Ffliciodd switshis golau'r stafell fyw, y gegin a'r parlwr heb ddim llwyddiant, felly gwasgodd y tripswitsh yn y cyntedd a goleuodd y tŷ i gyd ar unwaith. Edrychodd Richie arni fel pe bai hi'n gonsurwraig oedd newydd gyflawni'r hud a lledrith mwyaf anhygoel a welodd erioed. Wrth i Richie geisio dirnad y wyrth, dechreuodd Catrin helpu ei hun i gwpwl o'r sglodion oer, anghofiedig oedd ar y bwrdd.

"Dy fam, ble mae hi?" holodd Catrin cyn penderfynu rhoi'r gorau i fwyta'r gweddillion oer gan grychu'i thrwyn.

"Yn yr ysbyty."

Aeth Catrin i eistedd ar y stôl wrth y tân yn y stafell fyw, fel y byddech yn disgwyl i gath dew ei wneud, ond roedd y stof yn glamp oer a'r stafell yn llaith. Cofiai Catrin mai dyma lle byddai mam Richie'n eistedd o hyd a gallai ei chofio'n iawn yn poeri fflem i fflamau'r tân. Roedd hi'n rhy fên i brynu hancesi papur ac yn rhy ddiog i olchi hancesi cotwm. Oddi yno, byddai hi'n bytheirio ar y ddau cyn iddynt fynd i'r pictiwrs ar nos Sadwrn a buan y penderfynodd Catrin y byddai hi'n disgwyl am Richie yn y car er mwyn osgoi ei gwenwyn.

Eisteddodd Richie gyferbyn â hi a synnodd fod Catrin yn llenwi'r sedd i'r ymylon.

"Beth sy'n bod arni?" gofynnodd Catrin.

"Fe gwympodd hi bore 'ma," atebodd Richie.

"Yn gas?" holodd Catrin gan obeithio nad oedd affliw o dinc gobeithiol yn ei llais.

"Sa i'n gwybod."

"Dyna beth sydd wedi dy ypsetio di? Wyt ti wedi'i gweld hi?"

"'Wy ddim yn bwriadu mynd... Mae rhywun arall gyda hi i edrych ar ei hôl hi nawr."

"Pwy?"

Oedodd Richie am eiliad cyn datgelu'r gyfrinach.

"Ffansi man."

"'Da dy fam?" holodd Catrin gan guddio'i syndod gyda gwên ddanheddog.

"Win."

"Win's Bingo? Nefoedd wen!"

"Falle'i bod hi wedi torri ei phelfis."

"Fi'n gweld. Wel, cymer ddiwrnod neu ddau o'r gwaith i ddod atot ti dy hunan. Ti'n amlwg wedi cael shiglad."

"Alla i ddim dod i ben ar fy mhen fy hunan. Mam sy'n arfer gwneud popeth i fi," atebodd Richie gan gynnau sigarét, heb gynnig un i Catrin. Gobeithiai Catrin y byddai'r mwg o help i guddio'r drewdod.

"'Drych, Richard, gore po gynta y cawn ni ti i deimlo'n well er mwyn i ni gael *Bore da, Rich* yn ôl ar yr awyr. Pam na af i â ti i weld dy fam y prynhawn 'ma?"

"Ar ôl popeth 'na'th hi i ti?"

"Dŵr dan bont. Sdim iws dal dig. Alla i aros yn y car,

beth bynnag. Dy gael di 'nôl ar dy draed yw'r peth pwysica. A dyw'r hen le 'ma'n helpu dim. Pam na ddoi di i aros 'da fi i Blas y Bryn am gwpwl o ddiwrnode? Neith e fyd o les i ti gael dillad glân, bwyd cartre yn dy fola a gwely cynnes – jest tan i ti deimlo'n well. Fe gei di'r tŷ i gyd i ti dy hunan drwy'r dydd i eistedd yn y *conservatory*, neu yn yr *hot tub*, neu os o's well 'da ti, fe allen i gymryd amser o'r gwaith i gadw cwmni i ti. Ti 'di bod trwy lot, a ti angen bach o amser i ti dy hunan."

Cododd Catrin o'i sedd yn ddisymwth.

"Dere 'da fi, Richard. Fel yr wyt ti. Mae digon o hen ddillad Rhys 'da fi yn y tŷ o hyd. Byddan nhw'n siŵr o dy ffitio di."

Roedd Catrin wastad wedi ffansïo dynion crwn. Wnaeth hi erioed briodi ond roedd sawl un, fel Rhys, wedi bod yn cydbreswylio â hi ym Mhlas y Bryn dros y blynyddoedd.

Dilynodd Richie sŵn traed trwm Catrin am y car a chau'r drws yn glep y tu ôl iddo. Roedd yr haul yn ei ddallu a sylwodd ei fod yn drewi. Roedd wedi chwysu tipyn y bore hwnnw rhwng popeth.

"Pam na ewn ni adre i ti gael molchi a chael tamed o ginio, cyn ei bwrw hi am yr ysbyty?" awgrymodd Catrin. Roedd Richie'n anadlu'n drwm ac yn gyson wrth gerdded am y car, er nad oedd allan o wynt.

"Richard?" holodd Catrin am yr eildro. Cododd ei ben a thalu sylw.

"Bath a bwyd ac wedyn ysbyty?"

"Iawn," atebodd yntau o'r diwedd a'i ben yn niwl i gyd.

Cymerodd Catrin gip ar ei horiawr. Deng munud i

ddau. Byddai'r lanhawraig wedi gadael erbyn iddyn nhw gyrraedd, gobeithio.

Wrth ddychwelyd i'r car, gwelodd Catrin fod ganddi docyn parcio, a hithau ond wedi bod yno am rai munudau. Cadwodd e yn ei bag llaw heb ffws. Doedd dim bwriad ganddi ei dalu – wel, ddim heb gael ffrae dros y ffôn yn gyntaf. Agorodd y car a sylwodd Catrin ei fod eisoes wedi dechrau mynd i ddrewi o ganlyniad i'r teithiwr newydd. Ond beth oedd rhyw fymryn o oglau chwys ar ddiwrnod fel heddiw? Diwrnod yr oedd hi wedi disgwyl amdano ers bron i ugain mlynedd. Taniodd yr injan, cloi'r car fel y gwnâi'n reddfol mewn ardaloedd fel hyn, a diffodd y radio cyn i sŵn Pawb FM gael cyfle i ddifetha'r ennyd hirddisgwyliedig.

Dyrchafiad

Wrth i Catrin a Richie wibio lan y lôn tuag at Blas y Bryn, roedd y lanhawraig groenddu yn cerdded i ddal y bws i'w galwad nesaf. Daeth â'i throli siopa yn llawn deunyddiau glanhau i stop er mwyn codi llaw ar y ddau ond ni thalodd Catrin unrhyw sylw a gyrrodd heibio heb arafu gan dasgu dŵr brwnt ar odre'i throwsus golau. Atgoffodd Catrin ei hun i geisio aildrefnu neu ganslo ei hymweliad yr wythnos nesaf, rhag tarfu ar y claf.

Croesawodd Richie i'r gegin yn gyntaf. Cegin anferth gydag unedau pren golau ac ynys yn ei chanol. Roedd y tegell yn boeth a gobeithiai Catrin mai wedi defnyddio'r dŵr berw i lanhau yn hytrach nag i lymeitian paneidiau wnaeth y lanhawraig. Arweiniodd Richie wedyn lan y staer droellog i'r stafell ymolchi a oedd yn fwy o faint na'i stafell fyw yntau. Roedd bath llydan, a chanddo draed bach aur, yn sefyll ynghanol y stafell, yn union yr un siâp â chorgi Cymreig. Dechreuodd Catrin redeg y dŵr ac esboniodd fod tyllau bach yn ei waelod i greu profiad synhwyrus wrth ymolchi. Yn y gornel, roedd cawod anferth a lle i ddau ynddo ac roedd dau fasin ymolchi ochr yn ochr ar y wal gyferbyn. Daeth Catrin â thywel fflyfflyd a gŵn gwisgo iddo a'u gadael ar y rheilen dywelion gynnes ac estynnodd rasel a phentwr o ddillad ar ei gyfer.

Wrth i Richie ymolchi, aeth Catrin ati i baratoi cinio

hwyr er ei bod hi wedi bwyta yn barod. Trosglwyddodd *quiche* a thatws Marks and Spencer i'w dysglau gweini Portmeirion a'u rhoi yn y popty a thynnodd salad o'r oergell, gan gofio cuddio'r holl becynnau plastig. Fyddai Richie ddim callach nad hi oedd wedi bod yn brysur yn y gegin – o'i phrofiad hi, roedd dynion i gyd yn dwp. *Quiche* samwn a brocoli oedd ei ffefryn hi. Agorodd botelaid o win a ffoniodd y swyddfa i egluro wrth ei chynorthwyydd personol na fyddai hi yn y gwaith tan bore fory.

Edrychai Richie fel dyn newydd pan ddaeth i lawr i'r gegin. Roedd yn lân a hen ddillad Rhys yn edrych yn llawer gwell arno na'i ddillad ei hun. Cariai'r rheiny yn bentwr yn ei gôl.

"Rho rheina yn y peiriant a 'na i'u golchi nhw wedyn," gorchmynnodd Catrin gan bwyntio at ben arall y gegin. Oedodd Richie am dipyn o flaen y peiriant golchi llestri a'r peiriant golchi dillad tan i Catrin ddangos y peiriant priodol iddo.

Sylwodd Catrin fod Richie wedi gwlychu ei wìg ac wedi'i sychu â thywel, er mwyn rhoi'r argraff mai ei wallt ei hun oedd ganddo.

"Wyt ti moyn defnyddio fy sychwr gwallt i?" holodd Catrin.

"Na, mae 'ngwallt i wastad yn edrych yn well o'i sychu'n naturiol," meddai Richie ac aeth y ddau ati i fwyta eu cinio mewn tawelwch. Samwn neu beidio, fe ddechreuodd Richie lowcio'r pryd.

"Cymer ragor o *quiche*," meddai Catrin gan dorri darn mawr iddo fe a sleifio darn fymryn yn llai ar ei phlât hithau. "Tasen i'n gwbod dy fod ti ar lwgu, fydden i ddim wedi coginio cinio mor ysgafn."

Wedi gorffen bwyta, llenwodd Catrin y peiriant golchi llestri tra gwyliai Richie hi mewn rhyfeddod. Doedd e erioed wedi gweld teclyn fel hwn o'r blaen. Yna aeth ag e am daith o gwmpas y tŷ swanc. Doedd Richie ddim yn rhy siŵr beth oedd sefyllfa garwriaethol Catrin. Roedd wedi deall fod Rhys wedi ei gadael ond roedd sawl dyn gwahanol wedi bod ganddi ar hyd y blynyddoedd. Gwyddai fod ganddi fab hefyd, ond nid oedd yn siŵr beth oedd ei hanes, chwaith. Daethon nhw at y pum stafell wely a dangosodd Catrin y drws i'w hystafell hi, gan bwysleisio mai yno y cysgai, ar ei phen ei hun. Dangosodd stafell Andrew, ei mab, hefyd ond roedd e yn y brifysgol yn Aberystwyth. Cafodd Richie y stafell sbâr a oedd, fel gweddill y tŷ, yn ddigon o sioe.

Yn ôl ei haddewid, aeth Catrin â Richie i weld ei fam ddiwedd y prynhawn. Dywedodd Richie y byddai'n well ganddo fynd i'w gweld ar ei ben ei hun, gan y gwyddai'n iawn pa mor ddig oedd ei fam tuag at Catrin ac roedd ofn arno y byddai pethau'n troi'n gas. Gadawodd Catrin Richie yn y dderbynfa ac aeth hi i siop Laura Ashley ar gyrion y dref am sbec gan addo dychwelyd o fewn awr.

Roedd mam Richie wedi cael ei rhoi mewn ystafell gyda thair dynes oedrannus arall. Gorweddai yn y gwely yn hepian cysgu wedi'i chysylltu ag amryfal bibelli. Roedd y dillad gwely fel amlen wen amdani a phrin y gallech weld dim ond ei hesgyrn oddi tanynt. Teimlai Richie ddeigryn yn cronni yng nghornel ei lygad a diolchodd nad oedd Win yno. Eisteddodd ar gadair wrth ei hymyl a symud ymhellach oddi wrthi pan deimlodd gynhesrwydd y bag cathetr yn erbyn ei drowsus newydd.

"Mam?" meddai a'i lais yn agos at ddagrau.

"Mam?" holodd unwaith eto ac agorodd hi ei llygaid cyn eu cau yn sydyn, fel pe bai cwsg wedi mynd yn drech na hi. Roedd y nyrs wedi'i rybuddio y byddai hi'n gysglyd ar y naw oherwydd yr holl gyffuriau.

"Mam. Richard sy 'ma. Dici bach. Wedi dod i'ch gweld chi. Chi'n go lew?" gofynnodd, a difaru'n syth am ofyn cwestiwn mor ynfyd. Roedd wedi gwylio digon o raglenni *Casualty* i wybod y dylai afael yn ei llaw ond, am unwaith, doedd ei fam ddim yn gallu beirniadu ei letchwithdod cynhenid a chadwodd ei ddwylo yn ddwfn yn ei bocedi.

"Odyn nhw'n edrych ar eich ôl chi 'ma?" gofynnodd, a syllodd ei fam i fyw ei lygaid gan barhau i syllu arno am weddill yr ymweliad, fel pe bai hi'n ceisio cofio pwy ydoedd.

"Mam, chi'n gwybod pwy odw i?" holodd, ond chafodd e ddim ymateb.

"Gwedwch rywbeth wrtha i, er mwyn y mowredd. Gwedwch wrtha i mod i dan draed, yn rhy dew i gyffro, neu'n dda i ddim ar y radio, yn dda i ddim i neb, y byddai dad yn troi yn ei fedd..."

Ond parhau i syllu wnaeth ei fam, fel pe bai'r geiriau'n ddieithr iddi. Daeth nyrs i gymryd darlleniadau o ryw beiriannau oedd yn sownd i'w fam.

"Chi yw'r mab, ie?" holodd yn serchog.

"Ie," atebodd Richie.

"Mae'ch tad wedi mynd â Mavis sy'n y gwely drws

nesaf am wâc i'r Day Room, chware teg iddo fe," meddai'r nyrs, oedd ond yn ceisio helpu.

"Odi, mwn!"atebodd Richie dan ei wynt gan weld ei gyfle i ddianc cyn i hwnnw ddychwelyd. Gadawodd, heb roi cusan i'w fam, heb hyd yn oed ffarwelio a bu'n eistedd y tu allan i fynedfa oer yr ysbyty yn smocio un sigarét ar ôl y llall, yn gwylio argyfyngau yn mynd â dod tan i Porsche Fat Cat ddod i'w achub.

Ymadawiad Alaw

Ddeng munud cyn i'w chloc larwm ganu, cododd Alaw ar ei heistedd yn ei gwely a chwys yn diferu i lawr ei chefn. Cyhoeddodd yn ei llais darlledu gorau: "Mae'n ddrwg gen i ond ry'n ni'n cael problemau technegol ar Pawb FM ar hyn o bryd. Yn y cyfamser, dyma gân..." Syllodd y rhes o dedi bêrs ar ei chwpwrdd arni yn gegrwth. Wrth iddi droi i roi cryno ddisg i chwarae a sylweddoli mai ei chwpwrdd gwely bach o Ikea oedd yno, yn hytrach na'r peiriant chwarae disgiau fel oedd yn y stiwdio, deffrodd o'i hunllef.

Wedi'r holl flynyddoedd, byddai Alaw'n dal i ddeffro ynghanol y nos gan feddwl ei bod yn y gwaith, a bod nam technegol a'r tawelwch a glywai yn *dead air*. Weithiau, byddai'n cymryd oriau iddi hi'i hargyhoeddi ei hun nad oedd y tawelwch yn ddim byd i boeni yn ei gylch. Byddai hyd yn oed yn rhaid iddi hi roi Pawb FM ar y radio wrth ochr ei gwely cyn y gallai fynd 'nôl i gysgu weithiau. Ond gyda deng munud yn unig i fynd tan amser codi, doedd dim pwrpas ceisio troi 'nôl i gysgu gyda Bwni Binc yn ei breichiau.

Bore'r angladd oedd hi, ac roedd Alaw wedi gosod y larwm yn gynt nag arfer hyd yn oed, am ddau reswm. Yn gyntaf, roedd hi am gymryd amser i wisgo ac i ymbincio. Roedd hi'n awyddus i sicrhau mai hi fyddai'r ddynes ddelaf o blith y galarwyr. Gan fod dynion golygus yn gallu llechu yn y llefydd mwyaf annisgwyl, roedd hi'n bwysig mai hi fyddai'r *crème de la crème* yn y Crem.

Yr ail reswm ei bod hi ar ei thraed mor blygeiniol oedd ei bod am fynd â'i llythyr ymddiswyddo i swyddfa Catrin Rowlands ar lawr uchaf yr adeilad cyn dechrau ar ei gwaith. Doedd Catrin ddim yn ddynes am sgwrs – wel, doedd hi ddim yn ddynes oedd yn gwneud unrhyw beth yn ôl yr olwg oedd arni, ar wahân i wario ei chyflog fel Prif Weithredwr Pawb FM ar fwyd, diod a cheir drud.

Fel Richie, doedd hi prin wedi torri gair ag Alaw erioed, felly teimlai fod ymddiswyddo ar bapur mewn llythyr cwrtais yn weddus. Er ei bod hi wedi teimlo fel cerdded allan ar ganol rhaglen ar sawl achlysur, doedd dim iws iddi adael ar delerau drwg gan y byddai angen geirda oddi wrth y gnawes – yr unig gyflogwr a gawsai erioed.

Sleifiodd Alaw i swyddfa dywyll Catrin toc wedi pump y bore a gosododd y llythyr yn ddestlus rhwng ei llygoden a'r farnais ewinedd ar ei desg, ger y mat llygoden oedd wedi'i ddylunio'n arbennig ar gyfer ei phawen drom. O gwmpas sgrin ei chyfrifiadur, roedd lluniau ohoni gyda chyflwynwyr rhaglenni'r orsaf yn derbyn gwobrau, a lluniau ohoni ar deithiau busnes tramor gyda phwysigion nad oedd Alaw yn eu hadnabod. Ystyriodd am eiliad a oedd hi'n gwneud y peth iawn. Doedd ganddi ddim swydd arall i fynd iddi ac roedd ganddi filiau i'w talu, ond gan ei bod yn bwriadu rhoi mis o rybudd, teimlai y byddai hynny'n rhoi amser iddi chwilio am swydd arall.

Gwelodd lun o Richie'n gwenu o glust i glust yn ei dei bow yn derbyn tlws 'Personoliaeth y Flwyddyn' Cyngor

Cyfryngau Cymru a siec o ddeng mil o bunnoedd ar falconi Gwesty Dewi Sant. Roedd Catrin yn sefyll wrth ei ymyl, a'i hosgo fel pe bai hi ar y *catwalk* yn Llundain, ond edrychai fel llong ar fin hwylio o Fae Caerdydd. Cofiai sut y rhannwyd y tocynnau braint i'r seremoni ymysg ffrindiau personol Catrin, a bod Richie'n gwrthod yn lân â mynd i'r noson fawreddog. Byddai Alaw wedi dwlu cael mynd ond doedd gynnig gan Richie i unrhyw ddigwyddiadau lle byddai'n gorfod ymwneud â phobol. Nid oedd erioed wedi darlledu ar leoliad, er gwaethaf anogaeth gan Catrin. Ond doedd hi ddim am ildio i Richie y tro hwn, a mynnodd ei fod yn mynd i'r seremoni, gan fygwth cyflwyno cyd-gyflwynydd i'w raglen ddyddiol pe na bai'n ymddangos. Roedd cofio am y cyfnod yn ddigon i gythruddo Alaw, ac felly cododd ddau fys ar y llun a'i heglu hi am y stiwdio, gan wybod mai ugain o weithiau y byddai'n rhaid iddi godi'n gynnar i weithio ar y rhaglen gythreulig eto. Ugain rhaglen ac un angladd. Swniai fel teitl ffilm.

Roedd *Bore da, Rich* yn barod i fynd ar yr awyr, ar wahân i un broblem fach. Doedd dim golwg o Richie, ac er ei holl ffaeleddau, doedd diffyg prydlondeb ddim yn un ohonyn nhw. Gwyliodd Alaw'r cloc mawr ar y wal yn y stiwdio oedd yn dweud ei bod hi'n 06:44:15 a phenderfynodd y byddai hi'n mentro ffonio Richie yn ei gartref ymhen pedwar deg pum eiliad. Bryd hynny, pymtheng munud yn unig fyddai cyn i'r rhaglen fynd ar yr awyr. Fyddai fiw iddi roi caniad i Catrin a deffro'r gath dew ar yr awr blygeiniol hon. Doedd hi erioed wedi gorfod ffonio Richie yn ei gartref o'r blaen a doedd ganddi ddim syniad gyda phwy roedd e'n byw. Gwyddai ei fod yn byw'n weddol agos at y stiwdio gan fod rhai o'i chyd-weithwyr wedi'i basio yn cerdded adref o'i waith toc wedi un ar ddeg. Dychmygai ei fod yn byw yn un o'r tai tri llawr oedd yn edrych dros y llyn ar gyrion y ddinas. Byddai Richie wrth ei fodd yno, yn edrych lawr ei drwyn ar bawb. Roedd stori ar led fod ganddo fwthyn gwyliau yn Sir Benfro, Pen Llŷn a thair fila yn ne Sbaen. Roedd hi'n hawdd credu hynny gan ei fod wedi gwneud cyn lleied o ffws pan enillodd y deng mil o bunnoedd. Mae'n siŵr mai piso dryw bach yn y môr oedd hynny iddo. Gallai Alaw ddychmygu'r partïon y byddai'n eu cael yn y filas. Synnai hi daten ei fod yn gaeth i gyffuriau. Wedi'r cyfan, roedd e'n smocio fel stemar ac roedd hi wedi ei weld yn cymryd rhyw dabledi yn y dirgel yn ystod y sioe, ond ddywedodd hi ddim gair wrth neb.

Fflachiodd y ffôn, ac atebodd Alaw cyn iddo gael amser i ganu hyd yn oed. Tybiai, diolch byth, mai galwad feunyddiol Paul y porthor fyddai yno.

"Odi e 'ma?"

"Catrin Rowlands sy 'ma."

"O reit, bore da… yn eich swyddfa y'ch chi?" gofynnodd Alaw'n bryderus. Doedd ganddi mo'r amser i drafod ei hymddiswyddiad ar yr eiliad dyngedfennol honno.

"Nage, gytre. 'Drych, ma mam Richard yn wael – a bydd e ddim yn gallu dod i'r gwaith heddi. Bydd rhaid i ti gyflwyno'r rhaglen y bore 'ma, a bydd yn barod i gyflwyno am weddill yr wythnos os bydd rhaid."

Byddai Catrin wedi gallu rhybuddio Alaw y noson cynt, ond anghofiodd hi bopeth ynghanol holl gyffro ei gwestai newydd.

"Iawn, grêt, dim problem."

"Hmm, gawn ni air nes mlaen." Chwyrnodd yn anfodlon.

"Hwyl, a diolch yn fawr i chi."

Dim ond ychydig dros ddeng munud oedd i fynd tan y byddai'r sioe'n dechrau a dechreuodd y pili-palas hyfryd rheiny ddawnsio ym mol Alaw. Daeth hi'n saith o'r gloch a thaniodd jingl agoriadol *Bore da, Rich* a chroesawu'r gwrandawyr a'u hysbysu mai hi fyddai wrth y llyw am y pedair awr nesaf ac, o, roedd yn deimlad braf. Roedd hi wedi cyflwyno o'r blaen, pan gymerai Richie ei wyliau. Byddai hi'n dipyn o straen heddiw gan y byddai'n rhaid iddi hi gynhyrchu a chyflwyno, ac ateb y ffôn yn ystod caneuon, ond gwyddai ei bod hi'n ddigon cymwys i wneud hynny. Cyflwynodd y gân gyntaf ar y rhestr – deuawd canu gwlad a oedd yn para pum munud. Doedd hi ddim yn gân a gâi ei chwarae yn aml ar donfeddi Pawb FM gan ei bod hi mor drybeilig o hir, ond doedd dim amdani heddiw, o dan yr amgylchiadau.

Cyn gynted ag y clywodd nodyn cyntaf rhagarweiniad y trac, ciciodd Alaw ei sodlau i ffwrdd a rhedeg yn droednoeth am swyddfa Catrin i gael gwared ar y llythyr ymddiswyddo. Aeth â'r radio fach gyda hi fel y byddai hi'n clywed y gân ac yn gallu cadw llygad ar ei hamseru. Anelodd am y lifft rhag iddi golli ei hanadl ar y grisiau a phwysodd y botwm am y llawr uchaf. Gwenodd yn falch ar ei hadlewyrchiad yn y drych a thwtiodd ei gwallt yn barod am y rhaglen, er y byddai'r clustffonau yn siŵr o ddifetha ei hymdrechion.

Ymunodd dynes o'r Adran Newyddion â hi ar yr ail lawr, yn gwisgo top isel, mwclis drawiadol a siaced smart.

Roedd ei gwallt a'i cholur yn berffaith ond roedd hi'n amlwg mai ar y ffordd i'r stiwdio deledu i ddarllen y penawdau y tu ôl i ddesg oedd hi gan mai trowsus rhedeg ac esgidiau ymarfer oedd am hanner isaf ei chorff. Stopiodd y lifft eto ar y trydydd llawr a difarodd Alaw gymryd y lifft o gwbwl. Byddai dringo'r grisiau wedi bod yn gynt.

Agorodd y drysau, a phwy gamodd i'r lifft yn cario rôl selsig ond Catrin Rowlands ei hun, gan lygru'r lifft gydag oglau ei phersawr drud a mochyn marw. Syllodd Alaw arni ond doedd hi ddim fel pe bai hi wedi adnabod Alaw. Doedd pobl fel Catrin ddim yn edrych ddwywaith ar bobl fel Alaw. Fe wiriodd Catrin fod y lifft am stopio ar y llawr uchaf a dechrau sglaffio'r rôl. Dechreuodd Alaw chwysu yn lifft Pawb FM rhwng y *femme fatale* a'r *femme fat* gan wrando'n nerfus ar ail gytgan y gân. Damniodd ei hun am fod mor fyrbwyll yn ei phenderfyniad i ymddiswyddo – mae'n rhaid bod marwolaeth annhymig June Jones wedi effeithio arni.

Cofiodd mor hapus y teimlai pan ddechreuodd weithio i'r orsaf a hithau'n un ar hugain oed a newydd adael y band Enfys ar y pryd. Roedd ganddi gynlluniau mawr i ryddhau albwm unigol ac roedd hi'n siŵr y câi hi ei rhaglen ei hun ar yr orsaf yn fuan i drafod y sîn roc Gymraeg. Chafodd y breuddwydion hynny mo'u gwireddu ond roedd y syniad o gael cyflwyno ar ran Richie, hyd yn oed os oedd hynny am rai dyddiau yn unig, a chael serennu ar ei sioe ei hun yn ddigon i danio'r hen, hen ysfa ynddi.

Doedd ganddi ddim syniad sut y byddai hi'n llwyddo i gyrraedd swyddfa Catrin o'i blaen. Roedd hi'n sicr y gallai symud yn gynt na Catrin ond nid dyma'r amser i ymddwyn yn amheus. Dyma'r amser i'w phlesio. Ac ar hynny, trwy lwc, dyma Catrin yn tuchan ac yn pwyso'r botwm am y llawr gwaelod. Agorodd y drysau ar y llawr uchaf, a cherddodd y ddarllenwraig newyddion mas a dilynodd Alaw, heb dynnu sylw ati hi ei hun, fel pe bai hi'n cyrchu'r bardd yn yr Eisteddfod Genedlaethol.

Rhedodd nerth ei thraed ar hyd y coridor am swyddfa Catrin, er bod y carped pigog yn llosgi gwadnau ei thraed drwy'i theits tenau. Agorodd ddrws y swyddfa'n bwyllog, er y gwyddai ei bod hi'n wag a chamu ar flaenau ei thraed am y llythyr, ar hyd y carped moethus. Wrth sleifio'n sydyn yn y gwyll yn ei dillad du, teimlai fel pe bai hi'n symud set mewn drama. Drama a fyddai'n troi'n drasiedi pe bai Catrin yn dod i wybod am y llythyr. Taflodd e i'r peiriant rhwygo wrth ddesg Catrin ac aeth hwnnw ati i'w fwyta mor awchus â'i berchennog yn sglaffio'i rôl selsig. Brysiodd i lawr y grisiau oer am y stiwdio a'i thraed yn llithro ar y teils wrth i'r gân newid cyweirnod i greu momentwm ar gyfer y gytgan olaf.

Roedd Catrin yn disgwyl am Alaw yn yr ystafell gynhyrchu yn pigo'r crwst rhwng ei dannedd cam. Edrychodd yn ddryslyd ar draed noeth Alaw.

"Sori, wedi bod yn y tŷ bach!" Brysiodd Alaw gan gyrraedd ei sedd yn y stiwdio gyda deg eiliad yn unig o'r gân yn weddill.

"Dyna ni, Einir a Meinir yn 'Cerdded Llwybrau Ddoe', yn ein deffro ni'n araf bach ac yn ein paratoi ni am y pedair awr nesaf o gerddoriaeth a sgwrsio, gyda fi, Alaw Mai. Ond 'run drefn ag arfer fydd i'r rhaglen ac mae croeso i chi gysylltu â ni. Ewch i nôl papur a phensil achos fe wna i'ch atgoffa chi o'r rhif ffôn ar ôl y gân nesaf, cân sydd wastad yn codi 'nghalon i, ac yn ffefryn i ni ar y rhaglen. Dyma 'Daw eto Haul'..."

Roedd Alaw yn un o'r ychydig rai o staff Pawb FM oedd yn ymddiddori mewn cerddoriaeth. Roedd ganddi radd yn y pwnc ond yn hytrach na chymryd mantais o hynny, penderfynodd Catrin ei rhoi hi i weithio ar raglenni Richie, lle chwaraeid y gerddoriaeth ddiflasaf er mwyn diwallu chwaeth y gynulleidfa oedrannus. I Alaw, roedd y gerddoriaeth mor ganol y ffordd ac apelgar â chwningen oedd wedi mynd o dan lorri. Ond gan fod Alaw hefyd ymysg yr ychydig staff profiadol oedd heb ymrwymiadau teuluol, roedd hi wedi'i chaethiwo i weithio'r shifft fore anghymdeithasol. Roedd y cyflog yn uwch am wneud hyn ond y pris i'w dalu oedd gorfod chwarae cerddoriaeth a wnâi i'w chlustiau waedu.

Taflodd ei ffôn symudol o'r ddesg i'w bag llaw a chaeodd y dudalen Facebook oedd ar agor ar ei chyfrifiadur ar frys, cyn i Catrin hyrddio'i chorff swmpus i'r stiwdio yn flin fel tincer.

"Odi'r gath wedi marw, neu beth? Neu credu fod du yn *slimming* wyt ti?"

"June Jones sy 'di marw."

"A pwy yw *hi* pan mae gartre?"

"Un o'r gwrandawyr. Dw i'n mynd i'w hangladd hi'r prynhawn 'ma. Dw i wedi trefnu 'mod i'n defnyddio dwy awr o 'ngwyliau i adael y gwaith yn syth ar ôl y sioe."

"Gwd, achos smo ni'n dy dalu di i galifantio i angladdau. Bydd rhaid i ti ddechrau dysgu peidio â mynd yn *attached* i'r *biddies* 'ma. Gore po gynta weden i, achos mae'n edrych yn debyg y bydd yn rhaid i ni dy gael di i wneud hyn am dipyn."

Canodd y ffôn.

"Os felly, fydde modd i fi gael help i ateb y ffôn?" mentrodd Alaw.

"Blydi hel!" ebychodd Catrin wrth adael, gan dorri'r rheol euraidd o beidio rhegi mewn stiwio. "Mae'r *breakdown* 'ma am gostio ffortiwn i fi!" Rhegodd rhwng ei dannedd.

Atebodd Alaw'r ffôn heb fod yn siŵr ai cyfeirio at un o'i cheir neu un o'i chyflwynwyr oedd Catrin.

"Helô, *Bore da, Rich*... mae'n ddrwg gen i... *Bore da, Alaw Mai*," cyfarchodd, ac roedd hi *yn* fore da i Alaw Mai. Bore da iawn yn wir.

Ffarwél i ffrind ffyddlon

Roedd Alaw yn gwrando ar Mojito Mam-gu ar y trên i Fangor i angladd June Jones. Gwyddai bob gair o bob cân gan y band ar ôl eu gwylio'n chwarae'n fyw ar y teledu yn ystod gwyliau'r haf. Dyma'r math o gerddoriaeth roedd hi'n bwriadu ei chwarae ar ei rhaglen newydd ymhen hir a hwyr, pan fyddai ei chynulleidfa wedi cynefino â'i chwaeth. Fyddai Alaw byth yn mynd i unman heb ei iPod – roedd hi wedi rhoi'r gorau i wrando ar raglenni eraill Pawb FM yn ei hamser hamdden erbyn hyn. Storiodd gannoedd o draciau yn daclus ynddo ac roedd wedi cymryd oes i lunio casgliadau o ganeuon at bob achlysur – heblaw am ganeuon angladdol, mwya'r piti. Byddai hi wrth ei bodd pe bai hi'n cael gweithio ar raglenni pobol ifanc yr orsaf, yn rhoi sylw i fandiau newydd, ond erbyn i Alaw fagu plwc i ofyn i Catrin, rai blynyddoedd yn ôl, mynnodd honno ei bod hi'n rhy hen i bethau felly.

Bachodd dacsi o orsaf Bangor a chyrhaeddodd yr amlosgfa am saith munud a hanner i bedwar – perffaith. Roedd Alaw yn obsesiynol braidd ynghylch amser gan fod gwylio'r cloc mor bwysig yn ei swydd. Awr ar y mwyaf y byddai hi yno, meddyliodd. Fyddai hi'n nabod neb, er efallai y byddai hi wedi sgwrsio â sawl un dros y ffôn gan y byddai June a'i ffrindiau yn gwneud ceisiadau am ganeuon i'w gilydd byth a beunydd.

Roedd yr amlosgfa fel y bedd; naw o bobol oedd yno i gyd, gan gynnwys yr ymadawedig. Roedd Alaw wedi cymryd mai angladd gyhoeddus fyddai hi, ond synnodd mai digwyddiad *strictly private* ydoedd.

Janice oedd y cyntaf i gyfarch Alaw. Roedd hi'n fach ac yn frown ac yn rhychiog fel cyrensen, ac edrychai fel pe bai hi eisoes wedi'i hamlosgi ar wely haul. Cynigiodd ei llaw fodrwyog i Alaw, fel pe bai hi'n cydymdeimlo ag Alaw yn hytrach nag Alaw'n cydymdeimlo â hi.

"Diolch i ti am ddod, Alaw. Dw i'n gwybod fod heddiw'n ddiwrnod anodd i ti."

"Do'n i ddim yn sylweddoli mai angladd breifat oedd hi, Janice,"dywedodd Alaw, mewn embaras.

"Ia, dyna oedd Mam isio. Dim ond y VIPs oedd hi isio yma. Mae 'na dŵ *later on* yn y Clwb Bowls – 'dan ni i gyd yn mynd yno'n syth o fama."

"Fi'n gweld."

"O mai god, ti'n dal ac yn denau, dwyt? Ti'n swnio fatha pwtan gron ar y radio!"

Chwarddodd Alaw yn gwrtais. "Ry'ch chithe'n... gwisgo sbectol neis," meddai Alaw.

"Ti'n eu lecio nhw? *Designer*. Dau bâr am gant ac ugain. Da 'de! Ges i nhw efo'r Vouchers Stryd Fawr 'nath Mam eu hennill ar y rhaglan. Wel, doedd Mam ddim am fynd i'r Stryd Fawr ei hun, nag oedd, greadures. Prin oedd hi'n gallu mynd i'r Post i nôl ei phensiwn 'di mynd. Red or Dead ydan nhw," parablodd, yn anymwybodol o'i *faux pas*.

"Gavin yw hwnna?" gofynnodd Alaw yn sydyn, gan gyfeirio at hogyn mewn siwt ddu oedd yn sefyllian ger dyn a edrychai fel ei dad.

"Gavin, ty'd yma!" bloeddiodd Janice. Roedd Alaw wedi clywed digon am Stacey a Gavin, wyrion June. Gafaelodd y bachgen yn llaw Janice a rhythu'n amheus ar Alaw.

"Yli, Gav, ty'd i ti gael cwarfod Alaw. Ffrind gora Nain Richie."

"Pam ti'm yn gwisgo dy *jumper*?" gofynnodd Gavin yn gyhuddgar. Roedd siwmperi June Jones i gyd mewn bag sbwriel du yn atig Alaw, ac atgoffodd ei hun yn y fan a'r lle i beidio mynd â nhw i siop elusen rhag ofn iddyn nhw, rhyw fodd neu'i gilydd, gyrraedd 'nôl i Dregarth a chael eu hadnabod.

"Roedd siwmperi dy nain yn llawer rhy liwgar i wisgo ar ddiwrnod mor drist," oedd ymateb diplomataidd Alaw. Ar hynny, cawsant eu galw i'r gwasanaeth gan yr ymgymerwr.

Roedd rhesi o seddi wedi'u gosod yn y capel gyda phedair sedd bob ochr i'r eil, felly eisteddodd Colin, mab June, a'i gariad a'i blant ar un ochr a Janice, Maude – chwaer yng nghyfraith June – ac Alaw ar yr ochr arall. Y Parch Pat Rees oedd yng ngofal y gwasanaeth a than iddo groesawu'r criw i'r amlosgfa, doedd Alaw ddim yn siŵr i ba ryw oedd e'n perthyn, heb sôn am ba enwad. Roedd hi'n amlwg nad oedd Pat yn gyfarwydd iawn â June a bu'n rhaid i Colin ei gywiro pan ddywedodd fod June wedi huno yn 69 oed, er ei bod hi'n dweud yn ddigon clir ar y daflen mai 79 oed oedd hi. Ymhen tipyn, galwyd Alaw i ddweud gair.

"Yn gyntaf, ga i bwysleisio ei bod hi'n fraint cael bod yma heddiw yn dathlu bywyd Juniper Ann Jones. Mae'n deimlad rhyfedd sefyll yma achos, er nad ydw i wedi cwrdd â'r un ohonoch chi o'r blaen, dw i'n teimlo 'mod i'n nabod sawl un ohonoch, drwy June. Dynes ei milltir sgwâr oedd June heb amheuaeth, ac roedd hi'n meddwl y byd o'i theulu a'i ffrindiau, pob un sydd wedi dod yma heddiw i dalu'r deyrnged olaf iddi."

Roedd Alaw wedi llefaru'r frawddeg cyn iddi sylweddoli nad oedd hi'n berthnasol, gan mai teulu, nid ffrindiau, oedd pawb, ar wahân iddi hi. Aeth yn ei blaen.

"Amdanoch chi y byddai hi'n sôn byth a beunydd, ac roedd wastad ganddi straeon amdanoch chi. Roedd hi'n ymfalchïo yn eich llwyddiannau, yn cydymdeimlo â chi pan nad oedd pethau'n mynd cystal ac yn mwynhau'ch cwmni chi o ddydd i ddydd."

Cododd Alaw ei phen a gweld saith set o lygaid yn rhythu arni. Synnodd ei bod hi'n teimlo mor nerfus, a hithau'n gyfarwydd â darlledu i filoedd. Doedd hi ddim wedi sefyll o flaen cynulleidfa ers dyddiau Enfys. Pesychodd.

"Des i i adnabod June am y tro cyntaf fel June Jones o Dregarth, y wraig ddiflino a fyddai'n ffonio Pawb FM. Fel y gallwch chi ddychmygu, mae 'na gannoedd o wrandawyr yn cysylltu â'r orsaf yn ddyddiol ond o'r cychwyn cyntaf, ro'n i'n gwybod 'mod i'n siarad â chymeriad arbennig. Heb os nac oni bai, bydd colled fawr ar ei hôl hi, ac ar ran pawb yn Pawb FM, hoffwn i estyn cydymdeimlad i chi i gyd fel teulu. Mae rhaglen Richie wedi colli un o'i chyfranwyr mwyaf ffraeth, poblogaidd ac annwyl. Rwy'n siŵr y byddai June wedi gallu cael gyrfa lewyrchus iawn ym myd darlledu pe bai amgylchiadau wedi bod yn wahanol. Roedd ganddi lais unigryw, sylwadau bachog ar bob dim o'r *X Factor* i *Strictly Come Dancing*, ac wrth gwrs, ei thuedd ddiniwed a hoffus o ddrysu geiriau. Galla i gofio'r alwad gyntaf honno a fu'n sail i flynyddoedd o gyfeillgarwch rhyngon ni. Roedd eitem ar goginio Indiaidd wedi bod ar y rhaglen y bore hwnnw ac fe ffoniodd June fi i ofyn faint o *'grounded almonds'* oedd fod yn y *'Chiquitita'*. Fe wnaeth hi gyfaddef wrtha i mewn rhai wythnosau nad oedd ganddi fwriad o gwbwl i fynd ati i baratoi'r saig honno gan nad oedd bwyd poeth yn cytuno â hi! Byddai'n dweud wrtha i'n aml fod rhaglen Richie'n fodd i fyw iddi.

"Doedd June ddim yn rhy hoff o'n heitemau coginio gan nad o'n i'n gwneud bwyd plaen, hen-ffasiwn a dw i'n cofio hi'n cwyno wrtha i, yn ei ffordd unigryw, am y *'pasgeti bolognese'*, y *'conslaw'* a'r *'raviroli'*. Ie, dynes ei milltir sgwâr oedd June! Ond yr ore oedd pan wnaethon ni eitem ar fwyd Groeg a hithe'n fy ffonio i ofyn 'Wyt ti'n meddwl fod Janice yn cwcio Mufasa yn yr ysgol?' Oedd, roedd hi wedi bod yn gwylio *Lion King* gyda'r wyrion!

"Roedd gan June feddwl y byd ohonoch chi, ei theulu – a'r wyrion oedd cannwyll ei llygad. Ac mae amser yn hedfan – dw i'n cofio June yn cyffroi'n lân pan gyrhaeddodd Stacey – a hithe'n edrych mor bert yn ei *'grow bag'* a Gavin wedyn, a oedd yn ôl June yn fabi *'diddos iawn'*. Roedd ganddi ddawn gwau digamsyniol. Mae gen i gasgliad personol o siwmperi o waith June, a byddaf yn trysori'r rhain a'u cadw i'm hatgoffa ohoni.

"Fe wna i'ch gadael chi yn sŵn ei hoff gân. Ond does dim angen DJ i gyflwyno'r gân, gan eich bod chi i gyd yn gwybod beth yw hi... mae'r genedl gyfan wrth glywed y gân 'ma yn meddwl am June... dyma hi."

Ac ar hynny, dyma nhw'n clywed sŵn hymian o gyfeiriad yr arch a'r cyrtens mecanyddol yn dechrau cau'n araf. Ar giw'r cyrtens, fe ddechreuwyd chwarae Aled Jones yn canu 'You Raise Me Up'. Teimlodd Alaw ychydig o leithder yn ei llygaid wrth i'r ddwy len gwrdd yn y canol, a thybiodd mai ei chasineb at y gân oedd yn gyfrifol am hynny. Gobeithiai mai mawr fyddai ei gwobr hithau yn y nefoedd am gyflawni'r orchwyl hon heddiw.

Roedd y gwasanaeth ar ben mewn dim o dro, a'r galarwyr yn llifo o'r adeilad fel nant ddu, yn hytrach na'r afon ddu a ddisgwyliai Alaw. Difarodd iddi dreulio cymaint o amser dros yr araith hefyd – gan fod cyn lleied o gynulleidfa. Safai Janice y tu fas yn cynnau ffag yn ei dagrau ac aeth Alaw ati i egluro ei bod hi am ei throi hi.

"Diolch yn fawr am fy ngwahodd i... roedd y gwasanaeth yn hyfryd," dywedodd Alaw.

"Diolch i ti, cyw. 'Nest ti joban dda. Ac mi oedd Pat, y gweinidog yn grêt, doedd? Fo sy'n manejer Ysgol Sul Stacey a Gavin a fo ges i i seinio 'mhasbort i pan o'n i isho mynd i Zante. Ti am ddod yn y car efo ni i'r Clwb Bowls, dwyt? Dw i'n barod am wbath cry 'de."

"Bydde'n well i fi fynd i ddal y trên. Mae hi'n dipyn o siwrne 'nôl i Gaerdydd."

"Fedri di ddim mynd. O'n i wedi meddwl gofyn i ti i ddeud gair bach eto yn y Clwb. O flaen ei ffrindia hi. Mae dros gant wedi RSVPio i ddod... lot ohonyn nhw wedi gwirioni ar Richie ac yn gwrando bob dydd..."

"Ym..." simsanodd Alaw.

"A fasat ti'n fodlon gwneud *yr honours*?"

"Sori?"

"Y llwch 'de. Ddim heddiw, ond pan fydd o 'di oeri, mewn pedair i bum wsnos, mae'n debyg. 'Mond llond tun bîns fyddwn ni'n 'i gael – 'dan ni'n cadw'r gweddill ar gyfar y *diamonds*."

"Deiamonds?"

"'Dan ni am droi llwch Mam yn ddeiamonds. *A girl's best friend*. Ond paid â phoeni – 'nawn ni gofio amdanat ti pan 'dan ni'n ordro – achos mi oeddach chi'n *best friends*, yn toeddach?"

Er nad oedd hi'n rhy hoff o'r syniad, gobeithiai Alaw mai ar ffurf cadwyn, clustdlysau neu freichled y byddai hi'n cael llwch June Jones; nid dyma'r math o garreg yr oedd hi wedi dyheu ar hyd y blynyddoedd am gael ei gwisgo ar ei bys.

Chwarae'n troi'n chwerw

Roedd awyrgylch parti yn y Clwb Bowls ac roedd y byrddau di-raen wedi'u gorchuddio â llieiniau papur duon. Roedd clwstwr o falŵns du yn ymestyn o ganol pob un o'r byrddau crwn hefyd. Doedd Alaw ddim yn ymwybodol fod modd prynu balŵns du, ond dywedodd Janice fod cynnyrch Calan Gaeaf yn y siopau a bod hynny o'u plaid. Roedd y gerddoriaeth gefndirol yn gyfuniad o gas ganeuon Alaw, sef y rhai y byddai Richie'n eu chwarae hyd dragwyddoldeb.

Yn y gornel roedd bwrdd y bwffe ac arno blatiau o frechdanau a chacennau wedi'u gorchuddio â llieiniau sychu llestri i'w gwarchod rhag unrhyw bryfed, fel pe baent yn gyrff marw. Cawsai'r rhain eu paratoi gan wragedd Tregarth a lenwai'r ystafell â'u cleber.

Distawodd yr ystafell pan gyrhaeddodd y criw o'r angladd ac roedd bwrdd wedi'i gadw i Colin a'i deulu ac i Janice, Alaw a Maude yn y tu blaen. Dechreuodd Janice boeni bod y brechdanau'n sychu, felly galwodd Alaw ar unwaith i ddweud ei dweud. Pan sylweddolodd yr hen wragedd pwy oedd Alaw, fe ddechreuon nhw brynu diodydd iddi.

Am saith o'r gloch, a sawl gwydraid o win yn ddiweddarach, sylweddolodd Alaw mai megis dechrau oedd y parti gan i'r Dyn Carioci gyrraedd. Pan ddychwelodd hi o'r tŷ bach, clywodd lais y dyn yn atseinio dros yr ystafell.

"Alaw Mai? Ble wyt ti? Alaw Mai yn canu 'Lliwiau Hyfryd yr Hydref'."

Gwthiodd rhywun ddiod i'w llaw a gwthiodd rhywun arall hi i gyfeiriad y llwyfan. Doedd hi ddim wedi meddwl y byddai caneuon hynafol Enfys gan y dyn yn ei gasgliad.

"Diolch i Alaw am ddechrau'r noson o ganu er cof am June Jones," meddai'r dyn gan ddifrifoli.

Roedd cyffro'n ymledu drwy'r dorf wrth i Janice esbonio bod Alaw yn un o'r saith a ganodd y gân yn wreiddiol. Dechreuodd y gerddoriaeth chwarae ac ymddangosodd pêl fach goch ar y sgrin i fownsio ar y geiriau ar yr amser priodol, er bod Alaw yn cofio pob gair. Doedd dim amdani ond camu i'r llwyfan a chanu orau y gallai hi, heb brotestio. Byddai hi'n stori i'w hadrodd wrth Delun, ei ffrind gorau a oedd hefyd yn aelod o'r grŵp, ar y ffôn ar y ffordd adref ar y trên. Roedd Alaw wedi dechrau camu oddi ar y llwyfan cyn i gyfeiliant y gân ddod i ben nes iddi glywed:

"Paid â mynd i unman, achos ti sy nesa eto. Colin ac Alaw i ganu 'Chwarae'n Troi'n Chwerw'."

Camodd Colin i'r llwyfan, yn ffug-gyndyn. Roedd ei bartner a'r plant wedi gadael. Roedd yn amlwg wedi cael tipyn i'w yfed a dechreuodd floeddio canu mewn deuawd gydag Alaw. Sylwodd Alaw fod Colin yn bishyn ac roedd hi'n mwynhau wrth i'r gynulleidfa floeddio'u hanogaeth wrth iddo ddechrau symud yn fwy herfeiddiol a gafael ynddi i ddawnsio. O leiaf roedd hynny'n tynnu sylw oddi ar y ffaith ei fod allan o diwn yn rhacs.

Wrth i'r gân ddod i ben, cododd Colin Alaw yn ei

freichiau, ond gan fod ganddi feicroffon yn un llaw a gwydraid o win yn y llall, llithrodd yntau ar y gwin a oedd wedi'i golli, a disgynnodd y ddau yn bendramwnwgl ar y llawr.

Rhuthrodd pawb i'w hamgylchynu ar y llwyfan bach a chododd Colin yn holliach. Ond doedd dim symud ar Alaw. Codwyd hi i gadair gyfagos a daeth un o ffrindiau June, oedd yn arfer bod yn nyrs, i'r casgliad ei bod wedi troi ei ffêr.

"Reit, mi awn ni â ti'n syth i Ysbyty Gwynedd," meddai Janice wrth ymbalfalu yn ei bag am rif tacsi. Doedd gan Alaw mo'r amser i fynd i'r ysbyty gan fod yn rhaid iddi hi fod yn y gwaith y bore wedyn am bump, waeth beth oedd cyflwr ei ffêr. Gallai hi aros am oriau yn yr ysbyty yn disgwyl gweld doctor.

"Fydda i'n iawn..." protestiodd Alaw.

"Ddim o gwbwl, mi a' i â chdi rŵan... Helô, tacsi o'r Clwb Bowls i'r ysbyty... Janice Jones... ia."

Wrth y bwrdd bwffe, roedd dynes yn llwytho gweddillion *Victoria sponge* i focs Tupperware. Sylwodd dynes arall ar hyn a dechrau ffrae.

"Be dach chi'n da yn dwyn fy *sponge* i?" gofynnodd.

"Esgusodwch fi, ond fi bia hon, *thank you very much...*" ebe'r llall, gan gau'r bocs yn dynn.

"Naci, tad, fi bia honna! Mae 'na lawer gormod o jam yn honna i fod yn unrhyw *sponge* wnaethoch chi erioed!"

"Dach chi'n deud mod i'n taenu'r jam yn rhy denau?" Cipiodd y llall y bocs o'i gafael, tynnodd y clawr a chymryd ychydig friwsion ohoni i'w blasu.

"Ydach, ac mae 'na hen flas marjarîn rhad ar bob dim dach chi'n pobi!"

Roedd pethau ar fin mynd yn flêr a throdd sylw pawb at y gyflafan oedd ar droed.

"Dim ond y stwff gora dwi'n ei ddefnyddio, i chi gael dallt. Dw i ddim yn un i dorri corneli..."

"Oedd y gacen briodas wnaethoch chi i Janice mor uffernol o sych, 'swn i'n taeru mai blawd llif oedd ynddi. Does ryfedd ei bod hi wedi cael *divorce*."

Rhuthrodd Janice i ymuno yn y ffrae a gwelodd Alaw gyfle i ddianc. Gafaelodd yn ei bag a'i chot a hercian allan o'r Clwb mewn poen aruthrol gan geisio peidio â thynnu gormod o sylw ati hi ei hun. Roedd y tacsi yno'n disgwyl amdani.

"Tacsi i Janice Jones, plis," griddfanodd.

"Neidiwch fewn." Wnaeth Alaw ddim neidio ond llwyddodd i eistedd yn y sedd flaen gydag anhawster.

"Ysbyty Gwynedd?" holodd y dyn.

"Na, yr orsaf drenau. Fyddwn ni yno mewn pryd i ddal trên pum munud i wyth?"

"Byddwn, mae'n siŵr."

Llwyddodd Alaw i ddal y trên gyda chymorth aelod o staff yr orsaf a'i helpodd i gamu i mewn i'r cerbyd. Diolch byth, roedd yn drên a fyddai'n mynd yn syth i Gaerdydd, heb orfod newid, ac yn ddigon gwag iddi gael gorffwys ei throed ar y sedd gyferbyn.

Ffoniodd hi Delun, a rhyngddynt, daethant i'r casgliad nad oedd hi wedi torri asgwrn ond ei bod hi wedi troi ei throed yn ddrwg. Roedd gan Alaw becyn o Banadols yn ei bag ond cynghorodd Delun hi i beidio â'u cymryd tan ei bod wedi sobri. Doedd dim amdani felly, ond prynu gwin oddi ar y troli ar y trên yn y gobaith y byddai hynny'n lleddfu'r boen ac yn ei hanfon i gysgu tan iddi gyrraedd gorsaf Caerdydd Canolog am hanner nos.

Bore yn barod

Fore trannoeth, bu'n rhaid i Alaw hercian i'r stiwdio erbyn pump gan na chafodd amser i baratoi'r prynhawn cynt. Roedd hi wedi cael tacsi i'r gwaith wedi teirawr yn ei gwely, a rhyw hanner awr yn unig o gwsg ac roedd ei gwallt yn seimllyd gan nad oedd hi wedi llwyddo i gamu i'r gawod. Doedd hyn ddim yn ddechrau da i'w rhaglen newydd hi. Ond er mawr syndod iddi, pan gyrhaeddodd, roedd y stiwdio ynghyn, y peiriant coffi'n gynnes ac yn eistedd yn ei gorsedd arferol hi yn yr ystafell gynhyrchu roedd merch ifanc sbectolog, ofnus yr olwg. Roedd hi wedi'i gweld hi o'r blaen, ond doedd hi ddim yn siŵr ymhle.

"Haia, ti'n ocê?" gofynnodd Alaw yn y gobaith y byddai hynny'n cymell eglurhad am y sefyllfa annisgwyl.

"Haia, sori, ym... Fi yw Ffion Medi. Fe wnaeth Catrin Rowlands ofyn i fi ddod i'ch helpu chi ar y rhaglen tan i Richard Edwards ddod 'nôl..."

Estynnodd gopi o e-bost i Alaw, fel tystiolaeth o'r cais. Darllenodd Alaw e'n frysiog.

"Grêt. Dw i'n siŵr y byddi di'n lot o help. Fe a'th hi'n eitha bishi 'ma ddoe. Odyn ni'n dwy wedi cwrdd o'r blaen?"

"Naddo, ddim yn iawn. Dw i newydd ddechre gweithio 'ma, ar raglenni'r penwythnos, ond anaml y bydda i 'ma yn ystod yr wythnos."

"O, da iawn. Yn y coleg wyt ti?"

"Na, 'nes i raddio llynedd a newydd ddechrau gweithio fan hyn ydw i. Dw i'n gweithio i gwmni cyfieithu Mam yn ystod yr wythnos."

"O reit, sai'n cofio gweld y swydd yn cael ei hysbysebu, chwaith."

"Ro'dd Mam a Catrin yn ffrindie coleg. Ond mae Mam yn gweud ei bod hi wedi newid lot ers 'ny."

"Fi'n gweld. Bydden i'n nabod dy fam?"

"Dw i ddim yn credu. Llinos Wyn..."

"Na, dyw'r enw ddim yn canu cloch. Tishe te neu goffi?" gofynnodd Alaw, gan ymlwybro'n boenus tuag at y peiriant.

"Ym, na dim diolch."

"Ti'n siŵr?"

"Odw," atebodd Ffion a chymerodd Alaw ei choffi a bwrw am y stiwdio.

"Fi jest yn mynd i neud cwpwl o bethe yn y stiwdio a 'naf i esbonio mewn dwy funud beth sydd angen 'i neud."

Roedd hi'n amlwg yn cael trafferth i gario'r ddiod a hercian, ond ymataliodd Ffion rhag cynnig helpu rhag tramgwyddo, gan nad oedd hi'n gwybod beth oedd hyd a lled anabledd ei bòs newydd. Aeth i nôl paned iddi hi ei hun.

Cymerodd Alaw ei lle y tu ôl i'r ddesg reoli. Er mawr syndod iddi, roedd popeth eisoes yn ei le. Roedd Ffion wedi llwytho pob cân, jingl, hysbyseb a thrêl i'r cyfrifiadur ac wedi argraffu copïau o drefn y rhaglen a'u gosod yn daclus ar y bwrdd, yn yr un modd ag yr arferai Alaw wneud yn ddyddiol ar ran Richie. Roedd y cyfrifiadur wedi'i danio, ei henw defnyddiwr yn ei le ac yn disgwyl am gyfrinair Alaw Mai, a hynny ddwy awr cyn y byddai'r rhaglen ar yr awyr. Cymerodd Alaw ddwy funud i wirio bod popeth wedi'i lwytho yn y drefn iawn ac roedd popeth yn berffaith. Agorodd y meic rhwng y stiwdio a'r ystafell gynhyrchu.

"Ti'n seren!" dywedodd gan ddychryn Ffion druan ac achosi iddi i ollwng tipyn o'i phaned ar lawr. Ymlwybrodd Alaw i'r ystafell gynhyrchu mor gyflym ag y gallai ac estyn hances bapur iddi.

"Losgest ti?"

"Naddo, ond fi 'di neud shwt *fess*! Sori."

"Paid â becso." Mopiodd y ddwy'r llanast yn reit handi gyda'i gilydd.

"Fawr o golled. Ma coffi'r peiriant 'ma'n ffiaidd. A' i â ti i'r cantîn am baned iawn – fy nhrît i, gan dy fod ti wedi paratoi popeth – ac mae amser 'da ni i gael clonc."

"Ti'n siŵr?"

"Odw, cyn belled â dy fod ti'n fodlon aros i fi. Dw i bach yn araf heddi – dw i wedi troi 'nhroed."

Dau *latte* a dwy *danish pastry* yn ddiweddarach, roedd hi'n hanner awr wedi chwech. Roedd Ffion yn deall yr ochr dechnegol i'r dim ac aeth Alaw ati i esbonio ambell beth penodol i'r rhaglen na fyddai wedi codi yn ystod ei shifftiau penwythnos.

Roedd gêm yn cael ei chwarae ar y rhaglen o'r enw 'Lawr yr eil' lle byddai gwrandawr ben arall y ffôn yn esgus mynd i siopa mewn archfarchnad ddychmygol gyda Richie. Gofynnodd Alaw iddi gynnig y cyfle i bawb a fyddai'n ffonio'r rhaglen am unrhyw reswm, i chwarae

'Lawr yr eil' – hyd yn oed y rhai oedd wedi cael y rhif anghywir – gan fod dod o hyd i wrandawyr, teulu, ffrindiau neu gydweithwyr newydd i chwarae yn dipyn o dasg erbyn hyn.

Esboniodd fod dynes yn ffonio bob hyn a hyn yn gwneud dim ond sibrwd lawr y lein ac nad oedd modd deall gair a ddywedai. Megan Jones o Gilycwm oedd ei henw ac roedd hi bob amser am glywed 'Defaid William Morgan'.

Dywedodd fod dynes o'r enw Ifora Williams o Lanwenog yn ffonio i gwyno am wallau ieithyddol cyflwynwyr Pawb FM. Anwybydda hi yn dy Gymraeg gorau, oedd cyngor Alaw.

Pwysleisiodd mai polisi'r rhaglen oedd plesio'r gwrandawyr ac y byddai'n rhaid chwarae unrhyw gais mewn unrhyw iaith, unrhyw *genre*, unrhyw safon, yn anffodus. Hyd yn oed cyfieithiadau gwael o ganeuon Saesneg cawslyd.

Esboniodd hefyd y byddai hi'n siŵr o gael nifer o alwadau gan bobol oedd yn credu eu bod nhw'n ffrindiau mynwesol i Richie, yn holi ei hanes. Dywedodd Alaw mai'r peth gorau am y tro fyddai dweud ei fod e'n sâl, ac y byddai 'nôl yn fuan. Yn y cyfamser, byddai hi'n trefnu stori gyfleus fyddai angen cael ei chymeradwyo gan Catrin.

Dychwelodd y ddwy i'r stiwdio yn deall ei gilydd i'r dim ac roedd Alaw yn edrych ymlaen at y rhaglen, er gwaetha'r anaf a'r pen mawr oedd yn dechrau datblygu. O rannu'r gwaith rhyngddynt, roedd Alaw'n hyderus y gallai'r ddwy ddod i'r gwaith yn hwyrach o hyn ymlaen a byddai hynny'n fanteisiol yn ystod misoedd y gaeaf oedd o'u blaenau. Penderfynodd y ddwy y byddai angen newid jingl agoriadol y rhaglen cyn gynted â phosib a gwyddai Ffion am fand ifanc yn y dre a fyddai'n gallu recordio pwt bach yn canu clodydd Alaw Mai. Byddai hefyd angen cael gwared â'r slot 'Rich-T' a fyddai'n atgoffa pobol o'r cyn-gyflwynydd. Dywedodd Ffion fod ganddi ddigon o ffrindiau coleg y gallai hi eu cymell i ffonio neu decstio i ofyn am ganeuon ychydig yn fwy cyfoes na'r arlwy arferol. Byddai ffrindiau coleg Alaw yn arfer gwneud hyn ond roedden nhw wedi rhoi'r gorau iddi bellach.

Cafwyd sawl galwad y bore hwnnw yn holi ble roedd Richie ond, fel arall, roedd y ffôn yn siomedig o dawel. Aeth popeth yn ddigon hwylus serch hynny, tan newyddion deg, pan gerddodd Catrin Rowlands i'r stiwdio, a gweld Alaw a Ffion ar lawr wedi'u plygu yn ddau ddwbwl a phlet, yn ceisio efelychu un o'r symudiadau ar y DVD ioga roedden nhw'n ei wylio heb y sain tra bod y bwletin ar yr awyr.

"Beth yn y byd sy'n mynd mlaen 'ma?" gofynnodd Catrin gan dawelu'r giglo merchetaidd.

"Fi sy 'di gofyn i Ffion wneud adolygiad o'r DVD newydd 'ma ar y rhaglen. Gwaith ymchwil yw e, onest!" mentrodd Alaw gan godi a sythu ei sgert. Cododd Ffion hefyd, gan ymddiheuro a gwthio ei sbectol i dop ei thrwyn.

"A pam bydde gwrandawyr Richie moyn DVD ioga? Dyw'r rhan fwyaf ohonyn nhw ddim yn gallu cyrraedd y toiled mewn pryd heb sôn am gyrraedd eu traed!"

Ystyriodd Alaw am eiliad tybed a oedd Catrin yn gallu torri ewinedd ei thraed?

"Wel, gall Ffion feirniadu'r DVD gan ddweud ei fod e'n rhy anodd i bobol gyffredin."

Roedd Tony Mahoney bron â gorffen darllen ei fwletin chwaraeon ac ar hynny, byddai Alaw 'nôl ar yr awyr.

"Ca dy geg a bydd yn barod i agor y meic, a cher di 'nôl at y ffôn, neu fe ddweda i wrth dy fam," mynnodd Catrin gan adael y stiwdio. Taflodd bentwr o gardiau Gwellhad Buan ar ddesg Ffion ar ei ffordd mas.

"Rho'r rhain lan yn y stiwdio, erbyn y bydd Richie 'nôl," gorchmynnodd a'i bwrw hi am y lifft heb air pellach.

Bywyd newydd

Doedd matras *memory foam* gwely newydd Richie ddim yn gorfod gweithio'n galed iawn. Prin y gadawai ei wely o gwbl. Gorweddai o dan y gorchuddion Laura Ashley newydd sbon tan y clywai Catrin yn gadael am ei gwaith tua deg o'r gloch a byddai'n parhau i orwedd yno am rai oriau wedyn yn hel meddyliau ac yn troi a throsi. Gwyddai y byddai'n dawelach ei feddwl pe bai'n mynd i weld ei fam.

Ond doedd mynd i'w gweld hi ddim yn hawdd. Byddai'n rhaid iddo gerdded rhyw ddwy filltir er mwyn dal bws i'r dref, cyn dal bws arall wedyn er mwyn cyrraedd yr ysbyty. Doedd Richie ddim yn hoff o wynebu pobol, ac roedd meddwl am orfod mynd i ganol y ddinas yn peri i'w galon rasio a'i gefn chwysu. A phwy fyddai'n elwa? Doedd ei fam ddim yn ei adnabod p'run bynnag. Roedd Catrin wedi cynnig ei gludo yno droeon, ond gwrthod yn gwrtais wnâi e bob tro. Roedd hi wedi gwneud digon drosto eisoes.

Yn y pen draw, byddai Richie'n codi o grafangau'r gwely, pan fyddai'r awydd am fynd i'r tŷ bach neu fwyta yn mynd yn drech nag e, ond dychwelyd i'w wâl a wnâi wedyn. Gwnâi'n siŵr ei fod wedi llwyddo i ymolchi a gwisgo erbyn i Catrin ddychwelyd o'i gwaith tua chwech o'r gloch a byddai'n dweud wrth honno iddo dreulio'i ddiwrnod yn yr ardd, yn y *conservatory* neu yn y lolfa yn gwylio'r teledu, er na fu ar gyfyl yr un o'r llefydd hynny.

Wedi i Richie fod ym Mhlas y Bryn am wythnos, mynnodd Catrin ei fod yn codi'r un pryd â hi un bore, er mwyn iddi hi gael golchi ei ddillad gwely. Ond yn wobr am ildio'i gynefin yn gynnar, fe goginiodd hi frecwast llawn. Ymlwybrodd Richie'n gyndyn i'r gegin ac yno roedd Catrin mewn rhyw fath o bais flodeuog sidan yn ffrio i gyfeiliant Alaw yn paldaruo ar y radio.

"Mae fel gwylio paent yn sychu!" meddai Catrin gan gyfeirio at Alaw wrth droi'r madarch. "Neu falle mai gwrando ar baent yn sychu ddylwn i ddweud. Mae hwn yn radio diflas, gan berson diflas."

Doedd Richie ddim yn gallu canolbwyntio ar y sgwrs gan ei fod yn poeni y byddai Catrin yn llosgi ei thethi ynghanol y saim, ond ddwedodd e ddim gair, yn ôl ei arfer. Synhwyrodd Catrin fod Richie yn ei fyd bach ei hunan felly dyma hi'n diffodd y radio.

"Dyna ti. Bore da, Rich!" meddai Catrin wrth osod llond plât o frecwast o'i flaen. Gwthiodd hwnnw'r plât oddi wrtho, yn amlwg heb werthfawrogi'r jôc.

"Dere nawr, Richard," anogodd Catrin a mynd ati i daclo'i brecwast hi. Câi ei themtio i droi ei fforc yn eroplên er mwyn ei gymell, fel yr arferai wneud i Andrew, ond go brin y gwerthfawrogai'r jôc honno chwaith. O'r diwedd, dechreuodd Richie daclo'r wledd.

"Shwt wyt ti'n teimlo erbyn hyn?" gofynnodd Catrin ynghanol llond ceg o bwdin gwaed. Cododd traw'r peiriant golchi wrth i'r dillad gwely ddechrau troelli'n chwim yn ei grombil. Dechreuodd Richie bigo ar ei fadarch er mwyn osgoi ateb.

"Falle bydde hi'n help i ti siarad am dy brobleme."

"Falle," cytunodd Richie, gan ddiolch nad oedd hi wedi'i holi pa bryd y byddai'n dychwelyd i'w waith.

"Fi'n credu y dylet ti fynd i weld rhywun," awgrymodd. Trywanodd Richie ei felynwy nes ei fod yn gwaedu ar draws y plât ac aeth ati'n sydyn i'w sychu â'i dost trwchus.

"Fe dala i, wrth gwrs," meddai, er mai anfon y bil i Pawb FM oedd ei bwriad. Nid bod fawr o wahaniaeth mewn gwirionedd gan mai hi oedd Pawb FM – yn ariannol o leiaf.

"Sdim angen. Dw i'n gwella. Amser sydd 'i angen arna i," meddai.

"Iawn, bach. Dw i'n fodlon aros," a dyma hi'n estyn ei llaw ar draws y bwrdd ac yn gafael yn un Richie am eiliad neu ddwy. Roedd ei dwylo'n gynnes ac yn edrych yn union fel y selsig a goginiodd y bore hwnnw, oni bai am y crafangau cochion, sgleiniog. Teimlai Richie fel yr wy yr oedd newydd ei drywanu wrth i'r weithred fach dyner roi hergwd i'w stumog.

Trodd oddi wrthi rhag iddi sylwi fod ei lygaid yn ddyfrllyd a mynd i grafu gweddillion ei frecwast i'r bocs compostio a rhoi'r plât yn y peiriant golchi llestri, fel yr oedd wedi dysgu ei wneud erbyn hyn. Aeth Catrin ati i wagio'r peiriant golchi dillad i fasged wiail.

"'Wy'n mynd i roi'r rhein ar y lein," meddai, gan estyn y pegiau.

"'Na i hynny – i ti gael gwisgo," dywedodd Richie, er na wyddai'n iawn sut i fynd ati.

"O, diolch i ti," gwenodd Catrin, gan ymfalchïo yn ei awydd i wneud rhywbeth.

O ffenest ei hystafell wely, gwyliodd Catrin Richie'n stryffaglu gyda'r dasg. Doedd ganddo ddim syniad beth i'w wneud a gollyngai'r cynfasau ar lawr bob hyn a hyn. Bob tro y bydden nhw'n disgyn, byddai'n eu codi'n sydyn ac yn cymryd cip dros ei ysgwydd, fel pe bai arno ofn am ei fywyd y byddai'n cael pryd o dafod am eu dwyno. Y peth diwethaf yr oedd Catrin eisiau ei wneud oedd ei ddwrdio. Edrychai mor annwyl ym mhyjamas ei chyn-gariad, roedd hi'n dyheu am afael amdano'n dynn a'i gusanu. Fel yn yr hen ddyddiau. Oni bai am ei fam, gallai pethau fod wedi bod mor wahanol iddyn nhw ill dau. Cyfle arall oedd angen ar Richie nawr, i gael rhywfaint o'r hapusrwydd hwnnw yr oedd ei fam wedi ei amddifadu ohono.

Wedi cwblhau'r dasg, eisteddodd Richie ar y fainc siglo ar y patio yn edmygu ei waith. Roedd y dillad gwely yn troelli ar y lein ac yn dawnsio yn yr awel. Edrychent yn hardd, mor hardd fel y dechreuodd feichio crio, ac fe adawodd i'r dagrau bowlio wrth i'r dillad gwely sychu.

Gêm beryglus

Y dydd Sadwrn canlynol, roedd Alaw wedi cael gwahoddiad i barti priodas. Roedd hi wedi digio gan fod Delun, ei ffrind gorau, wedi cael gwahoddiad i fynd i'r briodas drwy'r dydd a hithau wedi cael gwahoddiad i'r parti nos yn unig. Ond y gwir amdani oedd bod Delun wedi cael ei gwahodd i lawer mwy na'i siâr o briodasau ar hyd y blynyddoedd oherwydd ei doniau yn chwarae'r delyn. Treuliai bob prynhawn Sadwrn bron iawn tra oedd y ddwy yn y coleg yn perfformio â'i choesau ar led yn rhywle neu'i gilydd ac erbyn meddwl, dyna oedd hanes ei nosweithiau Sadwrn hi hefyd! Ond erbyn hyn, roedd hi wedi hen barchuso, wedi rhoi'r gorau i gynnig ei gwasanaeth am arian poced a dim ond ym mhriodasau teulu neu ffrindiau byddai hi'n gwneud bellach. Yr unig bryd y byddai hi'n gwrthod oedd pan fyddai hi'n rhy feichiog i gyrraedd y tannau, ac roedd hi ar fin cyrraedd y cyflwr hwnnw gyda babi rhif pedwar ar ei ffordd.

Un o ffrindiau ysgol Alaw a Delun, a chyn aelod o'r grŵp Enfys oedd yn priodi. Doedd 'run o'r ddwy wedi gwneud jobyn rhy dda o gadw mewn cysylltiad â Rhian ond roedd saith aelod y grŵp wastad yn cael gwahoddiad i briodasau ei gilydd fel rhyw fath o aduniad. Rhian oedd aelod lleiaf lliwgar Enfys ac roedd y ffaith ei bod hi o bawb wedi dod o hyd i ŵr yn dipyn o syndod i bawb, yn enwedig Alaw.

Ond os oedd Alaw am orfod mynd i'r parti priodas ar ei phen ei hun, penderfynodd y byddai hi'n mynd yno'n edrych ar ei gorau. Wedi'r cyfan, doedd fiw i un o brif gyflwynwyr Pawb FM gael ei gweld yn edrych yn llai na pherffaith. Prynodd ffrog dynn las y credai fyddai'n tynnu sylw at ei llygaid, pâr o sodlau uchel, bag llaw a set o blu i roi yn ei gwallt, i gyd o'r un lliw. Buddsoddodd mewn bodis un darn i wisgo oddi tano a fyddai'n cadw popeth yn ei le. Roedd ei ffêr wedi gwella tipyn erbyn y penwythnos a mawr obeithiai y gallai ymdopi â'r esgidiau newydd. Roedd hi wedi cynllunio ei gwisg wythnosau o flaen llaw ac wedi torri ei gwallt y penwythnos cynt felly pan gynigiodd Ffion Medi iddi hi fynd allan i wylio gêm rygbi yn y prynhawn, cyn mynd i'r parti, fe fodlonodd yn llawen.

Twriodd i gefn ei chwpwrdd dillad am ei chrys rygbi ac ymunodd â Ffion a'i ffrindiau yn y Swan am dri. Doedd gan Alaw fawr o ddiddordeb mewn rygbi na phêl-droed mewn gwirionedd ond roedd ganddi grys rygbi Cymru ers y tripiau y byddai'n mynd arnyn nhw yn y coleg. Roedd Ffion, ar y llaw arall, yn ymddiddori mewn pob math o chwaraeon. Doedd Alaw ddim yn siŵr a fydden nhw'n bwyta yno, felly gadawodd y tŷ heb ginio. Roedd hi'n gyndyn o fwyta gormod, beth bynnag, rhag iddi fethu cau sip ei ffrog. Roedd y dafarn eisoes yn brysur ac anfonodd Ffion neges destun ati hi i ddweud mai wrth y bwrdd ger y tai bach oedden nhw'n eistedd. Agorodd Alaw'r drws trwm a chael ei chroesawu gan yr un hen wynebau a'r un hen garped gludiog ag a'i croesawai hi ddegawd a mwy ynghynt. Ond erbyn hyn doedd dim mwg sigaréts i guddio'r coctel cryf o arogleuon cwrw, piso, rhechfeydd, cyfog a chwys.

Cafodd Alaw drafferth i adnabod ei ffrind newydd gan fod ei gwallt yn rhedeg yn donnau tanllyd i lawr ei chefn a'i bod wedi cael gwared â'i sbectol. Roedd ei chrys rygbi yn dynn am ei bronnau, ac roedd ei sgert gwta yn amlygu ei phen-ôl siapus. Roedd hi'n eistedd ynghanol criw o ferched yn eu hugeiniau cynnar a oedd i gyd yn gwisgo sgertiau denim byr, crysau rygbi, bwtsias uchel a chlustdlysau trawiadol. Roedden nhw'n chwerthin, yn siarad ac yn meddwl dros ei gilydd.

"Haia boi, ti'n ocê?" gofynnodd Ffion gan gofleidio Alaw a gwneud lle iddi ar y fainc.

"Odw, glei. Y'ch chi wedi bod yma ers sbel?" holodd Alaw. Gallai hi fentro iddyn nhw fod yno ers tipyn yn ôl eu cleber.

"Ers hanner dydd. Alaw, dyma Sioned, Gill, Nia, Ceri, Gareth, Elen ac Elinor – fy ffrindie coleg i."

Gwenodd y saith yn gwrtais a'i chyfarch cyn parhau i ddrachtio'u diodydd a sgwrsio ymysg ei gilydd. Roedd y criw yn cael aduniad gan eu bod i gyd yn byw ym mhob cwr o'r wlad erbyn hyn. Teimlai Alaw ei bod hi'n tarfu ar eu hwyl. Roedd hi bron yn ddigon hen i fod yn fam iddyn nhw. Sylwodd Alaw fod Gareth yn eitha pishyn ond mor camp â Llangrannog.

"Dw i'n mynd i'r bar. Ti moyn drinc?" gofynnodd Alaw gan feddwl prynu hanner sydyn o ran cwrteisi a'i throi hi am adre.

"Wel, ry'n ni ar fin dechre *kitty*," medd Ffion ac ufuddhaodd pawb, gan gynnwys Alaw i orchmynion y ferch fwyaf powld oedd yn casglu ugain punt oddi wrth bawb. Dychwelodd honno o'r bar gyda naw peint o seidr a blac a dau becyn o gnau i'w rhannu.

"Beth y'n ni'n neud o ran cinio?" holodd Alaw yn dawel wrth Ffion. Digwyddodd y groten hy glywed ac atebodd:

"Dyma dy ginio di," gan rwygo'r pecynnau cnau ar agor a'u gosod yng nghanol y bwrdd er mwyn i bawb estyn. Dechreuodd bawb helpu eu hunain fel titws llwglyd ar fwrdd adar.

"Mae crisps y tu ôl i'r bar," cynigiodd Ffion mewn ymgais i wneud iawn am haerllugrwydd ei chyfeilles.

Creision amdani, meddyliodd Alaw, a chanfu ei hun yn sefyll wrth y bar nesaf at Dan Dŵr, y dyn a fyddai'n arwain y dosbarthiadau aerobeg dŵr yr oedd hi a Delun yn arfer mynd iddyn nhw ym mhwll nofio'r dref. Dechreuon nhw fynd pan oedd Delun yn disgwyl ei phlentyn cyntaf ond roedden nhw wedi hen roi'r gorau iddi. Pan welodd Dan Alaw, gollyngodd y darnau arian mân oedd yn ei law ar hyd y bar ac aeth ati i'w codi'n drwsgl.

"Ei di ddim yn bell 'da'r rheina," dywedodd Alaw wrtho.

"Dim ond moyn newid i'r jiwcbocs odw i."

"Beth sydd angen arnot ti?" holodd Alaw.

"Pishyn dwy bunt."

"Nefi wen, mae 'di mynd yn ddrud," atebodd Alaw gan estyn ei phwrs arian a chwilio am newid iddo.

"Odi, glei. Faint wyt ti'n godi am gân ar dy raglen di?" holodd Dan yn chwareus. Trodd Alaw'r un lliw â'i chrys. Estynnodd hi bishyn dwy bunt iddo a gwagiodd yntau gynnwys ei gledr fawr i'w llaw. Daeth tro Alaw i gael sylw'r barmon felly diolchodd Dan a'i throi hi am y sgrechflwch.

Sylwodd Alaw ymhen tipyn mai 'Brown Eyed Girl' gan Van Morrison oedd yn dod o'r sgrechflwch a daliodd Dan yn ei llygadu cyn iddo droi i edrych 'nôl ar ei ffrindiau oedd yn chwarae pŵl. Roedd Dan druan wedi dechrau britho ac roedd yn llawer rhy fyr i Alaw ond roedd hi wastad yn braf cael edmygydd. Gwagiodd ei gwydryn mewn un llwnc. Beth bynnag, llygaid glas oedd ganddi hi.

Gormod o ddim

Un o anfanteision byw ar eich pen eich hun yw'r ffaith nad oes gennych chi neb i'ch helpu i gau sip eich ffrog cyn gadael y tŷ. Anfantais arall yw bod talu am dacsis i un yn fusnes drud, ond o leiaf roedd yr ail broblem yn datrys y cyntaf a bodlonodd y gyrrwr i ymgymryd â'r dasg yn dyner gyda'i ddwylo mawr a'i fysedd melyn. Atgoffodd e Alaw fod dirwy o hanner can punt i unrhyw un fyddai'n chwydu yn ei gerbyd. Ond doedd Alaw'n poeni dim am hynny a threuliodd y siwrne i'r Clwb Golff yn ceisio darbwyllo'r gyrrwr, oedd prin yn gallu siarad Saesneg heb sôn am Gymraeg, i wrando ar ei sioe ar Pawb FM. Roedd y gyrrwr yn falch o gymryd ei phapur ugain punt a gyrru i ffwrdd mewn hedd, 'nôl i'r dref i gasglu'r teithiwr nesaf.

Unwaith y flwyddyn y byddai Alaw'n mynd i'r Clwb Golff a hynny i ginio Nadolig blynyddol Pawb FM. Fyddai hi byth yn breuddwydio mynd yno ar achlysur pan fyddai hi'n gorfod talu. Wedi camu o'r tacsi, sylweddolodd Alaw fod ei phen-ôl wedi brechdanu ei nics anarferol ac aeth ati i adfer y sefyllfa heb unrhyw ymdrech i guddio'r weithred. Gwyddai fod angen iddi ddilyn y mân oleuadau ar bob ochr i'r grisiau tuag at y dderbynfa chwaethus ond credai ei bod wedi colli un o'i lensys cyffwrdd, gan fod y goleuadau i gyd yn toddi i'w gilydd. Dechreuodd gropian ar hyd y llawr i chwilio amdani tan i yrrwr tacsi arall ganu ei gorn yn flin arni wedi iddo orfod brecio'n sydyn rhag ei bwrw hi. Cododd yn anniddig a sylwi ar y tyllau ym mhen-gliniau ei theits. Roedd ei thrwyn hi'n ei denu at y mochyn wedi'i rostio a hithau heb fwyta'n iawn ers ben bore.

Cyn gynted ag y camodd dros y trothwy, estynnodd gweinyddes ifanc, drwsiadus, wydryn o siampaen iddi a'r pethau cyntaf oedd yn ei hwynebu oedd rhaeadr siocled a lluniau a godai gywilydd ar y pâr priod ar y byrddau arddangos. Anwybyddodd y mefus a'r malws melys oedd wedi eu stacio'n dwt ar ffyn pren a dododd ei bys bawd yn y llifeiriant brown cyn mynd ati i'w sugno wrth edrych ar y lluniau. Roedd yno lun mawr chwyddiedig o glawr casét cyntaf ac olaf Enfys lle roedd y saith aelod ifanc mewn ffrogiau euraidd unffurf yn eistedd ger rhyw nant neu'i gilydd. Uwch eu pennau, roedd llun enfys a'r geiriau 'Enfys: Cyfle Euraidd' yn fwa ffansi. Eisteddai Delun a'i thelyn rhwng ei chluniau ac roedd y chwech arall wedi'u gosod ar lan y dŵr mewn ystumiau annaturiol. Alaw oedd yn y tu blaen gyda'i mwng permiedig anferth a Rhian oedd bellaf yn y cefn gan mai gwallt cwta diflas oedd ganddi, a wyneb i fatsio, er mai hi oedd y gantores orau.

Dechreuodd Alaw chwerthin yn afreolus ar y ddelwedd ac roedd ei hochrau'n brifo o fewn hualau ei bodis tyn. Roedd hi fel un o'r merched hynny sy'n chwerthin yn orhyderus ar hysbysebion Tena Lady, a bu bron â'i chael ei hun mewn sefyllfa lle roedd hi angen eu cynnyrch. Clywodd Delun y sŵn chwerthin aflafar cyfarwydd o'r bar, esgusododd ei hun, gafaelodd yn ei lemonêd a brasgamu mor fras ag y gall rhywun sy'n bwriadu geni babi mewn cwta deufis fentro'i wneud, i gyfeiriad Alaw.

"Ble wyt ti 'di bod?" holodd Delun, yn sobor fel sant.

"'Drycha ar yr olwg oedd arnon ni, Del!"

"'Drycha ar yr olwg sydd arnot ti *nawr*," atebodd Delun. "Gad i fi dy sortio di mas cyn i Rhian dy weld ti."

Gafaelodd Delun ym mraich Alaw a'i harwain hi am y tai bach moethus cyfagos a oedd, diolch byth, yn wag ac yn helaeth. Gosododd hi Alaw i eistedd ar gaead un o'r toiledau a chaeodd y drws y tu ôl i'r ddwy. Cwtshodd i'w hwynebu hi, fel yr arferai wneud gyda'i phlant.

"Ble wyt ti di bod, Al?" gofynnodd.

"Jyst mas," atebodd Alaw gan atgoffa Delun o'i merch fach a fyddai'n taeru nad oedd hi wedi gweld y gacen siocled er bod tystiolaeth amlwg ar ei gweflau.

"Gyda phwy?"

"Ffion, Gareth, Nia, Elinor..."

"Reit, ma ishe dy sortio di mas. Yfa'r lemonêd 'ma i gyd a byddi di'n teimlo'n well. A' i i nôl dŵr i ti wedyn." Agorodd ei bag llaw anferth, dod o hyd i grib fach binc yn ei waelod a dechreuodd drwy gribo gwallt Alaw'n dyner ac ailosod y band gwallt gyda'r plu a oedd yn gorffwys yn gam ar ei phen megis tŵr Pisa. Sychodd ei dwylo sticlyd a thynnodd ei cholur blêr â *wet wipe* Winnie the Pooh, cyn ailbowdro'i hwyneb â'i phowdwr ei hun, er ei fod fymryn yn rhy olau i groen Alaw mewn gwirionedd. Tynnodd ei theits tyllog a'u cyfnewid am ei theits sbâr hi, er eu bod nhw'n rhai arbennig ar gyfer gwragedd beichiog.

"'Na ni! Ti'n bictsiwr!"

"Fi'n credu bo fi angen pisho."

"Ti ishe i fi fynd mas?" gofynnodd Delun.

"Na, dw i angen help," atebodd Alaw gan stryffaglu i godi ei ffrog a datgelu'r bodis un darn. Dechreuodd y ddwy chwerthin. Tawon nhw pan glywon nhw rywun yn dod i'r toiled drws nesa ac o fewn dim, dechreuodd tonnau o ddefnydd gwyn sleifio fel ewyn i'w ciwbicl nhw o dan y pared. Fe glywon nhw duchan blin Rhian a daeth hi'n amlwg nad Alaw oedd yr unig un oedd yn cael anhawster oherwydd ei gwisg. Parhaodd Alaw a Delun â'r dasg mewn tawelwch tan eu bod nhw ar eu pennau eu hunain unwaith yn rhagor, a gwisg Alaw yn ôl yn ei phriod le. Roedd hi'n edrych yn dipyn gwell erbyn hyn a gadawodd Delun hi ar fainc yn y dderbynfa tra'i bod hi'n mynd i chwilio am ddŵr a rôl porc iddi – doedd syndod ei bod hi yn y fath gyflwr os mai dim ond llond llaw o gnau a phecyn o greision gawsai hi i ginio.

Roedd tipyn o giw am y mochyn ac roedd Delun wedi blino aros ei thro wrth sefyll ar ei phigyrnau chwyddedig. Penderfynodd y byddai'n cymryd tair bap, un i Alaw, un iddi hi ei hun ac un i'w gŵr.

O'r diwedd, aeth Delun â rôl i'w gŵr a hwnnw bellach yn gwylio uchafbwyntiau rhyw gêm neu'i gilydd yn y bar, felly chafodd hi fawr o sylw, na diolch. Ychydig a wyddai'r dynion fod llawer mwy o ddiddanwch i'w weld y tu ôl iddyn nhw ar y llawr dawnsio.

Bu bron i Delun ollwng ei baps pan welodd Alaw yn tanglo'i thafod gyda bachgen ifanc iawn i gyfeiliant gwyllt 'Love Machine' gan Girls Aloud. Roedd e'n dal ac yn denau, ac yn gwisgo crys gwyn a thei bo a throwsus du ac edrychai'n llawer rhy ifanc i fod yn cwpanu pen-ôl Alaw yn ei ddwylo. Ond, er tegwch i'r crwt, efallai mai ceisio ei sefydlogi hi ar ei thraed oedd e.

Roedd ei dwylo hi'n crwydro ar hyd ei gorff esgyrnog fel bysedd ar dannau telyn ac roedd y cusanu'n edrych yn wlyb ac yn soeglyd fel yr Eton Mess a gafwyd i bwdin yn y brecwast priodas. Gallai weld fod y ddau yn sibrwd yng nghlustiau ei gilydd ac aethant i eistedd ar gadair freichiau gyfagos i barhau â'r wledd, gan lyfu wynebau ei gilydd fel ci a gast. Claddodd Delun ei dannedd i'w rôl flasus ac roedd y sioe'n parhau erbyn iddi ei gorffen. Doedd dim unrhyw argoel fod Alaw am adael ei hysglyfaeth yn rhydd, felly sglaffiodd Delun ei heilfap, gan ei bod hi, wedi'r cyfan, yn bwyta i ddau.

O'r diwedd, cododd Alaw oddi ar lin y bachgen ac aeth e i gyfeiriad y bar. Rhuthrodd Delun ati, rhoi ei braich amdani ac eistedd ar fraich y gadair.

"Be ti'n meddwl ti'n neud?"

"Pishyn, on'd yw e?" mwmiodd Alaw yn chwil wrth iddi orweddian ar draws y soffa dywyll.

"Pishyn?"

"Sa i wedi snogio dyn â styd yn ei dafod o'r blaen," meddai a'i thafod yn dew.

"Fi'n synnu bod tafod ar ôl 'da'r crwt. Dere i'r car – 'se'n well i fi fynd â ti adre."

"Ond... mae e 'di mynd i nôl drinc i fi."

Dychwelodd y glaslanc yn cario dau wydryn o Bepsi a gwenodd yn nerfus ar Delun gan amlygu ei fresys dannedd amryliw. Estynnodd wydryn i Alaw a sibrwd rhywbeth yn ei chlust.

"Ond pam na gest ti win i fi?" gofynnodd iddo.

"Dim ID," atebodd y bachgen yn ddistaw, gan gochi. Edrychodd Delun ar Alaw gan deimlo drosti i'r byw. Roedd ei gwaith da gyda'i gwallt hi wedi cael ei ddadwneud gan y cusanu nwydwyllt ac roedd angen ailosod ei bronnau yn y bodis. Gafaelai yn ei diod â'i dwy law erbyn hyn gan ganolbwyntio ar ei sipio, fel cardotyn yn cofleidio paned ar ddiwrnod oer.

"Sa i'n credu bydde gwin wedi neud lot o les iddi," dywedodd Delun wrth y crwt ac eisteddodd hwnnw ar fraich arall y gadair. Ar hynny dyma Alaw'n rhyddhau cynnwys ei stumog ar y llawr o'i blaen yn un llifeiriant pinc. Roedd y ffrwydrad mor sydyn a'r oglau mor ffiaidd, nes i Delun a'r bachgen droi i ffwrdd yn reddfol a symud o'r ffordd. Edrychodd Delun ar y llyn ar y llawr. Dyna oedd *Eaten Mess*.

A'r eiliad nesaf disgynnodd Alaw yn bendramwnwgl ar lawr, yn bentwr o gnawd a glesni yng nghanol y cyfog pinc.

Cadwch at yr hyn sydd dda

"Helô a chroeso i *Bore da, Alaw Mai* – yma tan un ar ddeg yn rhoi gwên ar eich wynebau chi ac yn dechrau'r bore yn y ffordd ore. Mae digon o gerddoriaeth gyda ni – y gân hepian cyn hir a thracie gydag ychydig bach mwy o fynd ynddyn nhw wrth i'r diwrnod fynd yn ei flaen. Ar ein slot 'Bore Godwyr', mae Nia Rees, myfyrwraig sydd newydd raddio ac yn dechrau ar ei swydd gyntaf fel nyrs y bore 'ma – ac os yw Nia'n debyg i fi pan o'n i yn y brifysgol, bydd hi'n dipyn o her iddi godi o'r hen wely 'na! Bydd Gareth Huw o Gaerdydd yn adolygu gìg toc wedi wyth, a Ffion Medi yn adolygu fideo ymarfer corff newydd rhwng naw a deg. Ac ar y slot newydd 'Te Deg', deg tip ffasiwn fydd gyda ni heddiw. Ond yn gyntaf, fe ddechreuwn ni gyda band ifanc addawol iawn, band a chwaraeodd set yng ngŵyl Glastonbury eleni, band fydd yn rhyddhau EP erbyn y Nadolig… dyma Mojito Mam-gu, gyda 'Dim Stop ar y Pop'…"

"Ti'n gweud 'tho i!" meddai Ffion wrth ddod â choffi du i'r stiwdio i Alaw.

"Sori?"

"Doedd dim stop ar y pop 'da ti dydd Sadwrn!" ychwanegodd Ffion. Er nad oedd yn gwybod dim am hanes Alaw yn y briodas, gallai weld pan adawodd y Swan am saith ei bod wedi'i dal hi.

"Gest ti noson dda yn y briodas?" holodd Ffion.

"Go lew," atebodd Alaw. "Shwt oedd hi yn y gìg?"

"Oedd hi'n noson grêt, trueni fod yn rhaid i ti fynd. Bydd rhaid i ni drefnu noson arall debyg. Beth yw dy gynllunie di'r penwythnos nesa?"

Ystyriodd Alaw am eiliad.

"Mae'n criw ni'n bwriadu mynd mas 'to."

"'Wy'n carco 'mhlant bedydd i am y penwythnos, sori," atebodd Alaw yn gelwyddog. Fe wnaeth Delun hanner sôn y byddai hi'n gwerthfawrogi hoe cyn i'r babi gyrraedd, ond roedd hynny cyn y briodas, pan ddangosodd Alaw nad oedd hi'n ffit i ofalu amdani hi ei hun, heb sôn am dri o blant bach. Er tegwch, roedd Alaw wedi gofalu amdani hi droeon pan oedd hi wedi cael un yn ormod.

"Dw i'n gweld. Rhywbryd 'to, 'de."

"Oes rhywun wedi e-bostio dros y penwythnos?"

"Oes, ond dim byd difyr. Fe wna i'u hanfon nhw mlaen atot ti nawr."

Roedd Ffion wedi gobeithio na fyddai Alaw yn crybwyll yr e-byst gan fod yno bentwr ohonynt yn holi hanes Richie, ond dim un yn ymateb i raglen Alaw. Ymddangosai fod pob math o straeon ar led ynghylch ei ddiflaniad annhymig, ond yr un fwyaf cyffredin oedd ei fod wedi clywed mai wythnos oedd ganddo i fyw.

"Beth am negeseuon ffôn neu decst?"

"Un neu ddwy, ond dim ond y sothach arferol."

"Bydd rhaid i ni chwilio am rywun i fynd 'Lawr yr Eil'."

"Beth am y boi 'na dydd Sadwrn, yr un oedd yn moyn arian i'r jiwcbocs?" cynigiodd Ffion gan brocio cof Alaw.

"Dan?"

"Roedd e'n dy lygadu di, dim chware! Gest ti'i rif e?" holodd yn gellweirus.

"Beth am dy ffrind di, Gareth, sy'n adolygu'r gìg? Gwna'r gêm yn ddigon rhwydd am heddi a enillith e rhyw gan punt."

"Cŵl! Ro' i ganiad iddo fe nawr," atebodd Ffion gan sboncio 'nôl i'r ystafell gynhyrchu â'i phoni têl i'w chanlyn.

Doedd pen Alaw ddim yn iawn o hyd, er iddi dreulio ei dydd Sul cyfan yn y gwely. Roedd curiadau Mojito Mam-gu yn diasbedain yn ei phen ac roedd ganddi sawl clais bach glas a phothelli ar ei thraed.

"Dyna ni, trac bach i'ch deffro chi ar fore dydd Llun gan Mojito Mam-gu. Cân hepian sydd nesa, i'r rheiny ohonoch chi sydd rhwng cwsg ac effro ond yn gyntaf, yr hysbysebion..."

Roedd y rhaglen yn mynd yn ei blaen yn iawn tan i Catrin ffonio yn ystod newyddion deg, yn flin fel tincer. Dywedodd wrth Alaw am barhau i alw'r rhaglen yn *Bore da, Rich* gan y byddai e 'nôl yn fuan ac roedd yn cwyno am y dewis cerddorol hefyd. Mynnodd fod Alaw yn chwarae'r caneuon yr oedd y gwrandawyr eisiau eu clywed yn hytrach na chaneuon gan fandiau ifanc cyfoes nad oedd unrhyw un dros ddeg ar hugain wedi clywed amdanynt. Ymddiheurodd Alaw ac aeth ar ei hunion i newid y rhestr traciau o'i blaen i'r rwtsh arferol, er mai'r gwir amdani oedd nad oedd ganddi syniad beth oedd y gwrandawyr eisiau ei glywed heddiw gan nad oedd affliw o neb wedi ffonio.

Bu'r ffôn yn gwbl fud drwy'r bore, ar wahân i alwad Catrin a dwy alwad allanol. Roedd y gyntaf gan Delun, yn dweud bod Rhian wedi galw heibio gyda ffôn symudol Alaw a ddarganfuwyd yng nghrombil y rhaeadr siocled. Fe gyrhaeddodd yn lwmpyn brown mewn bag tryloyw, fel pe bai rhywun am ei gario ar fwrdd awyren, ond roedd merch fach Delun wedi'i lyfu'n lân erbyn hyn. Byddai wedi bod llawn mor hwylus i Rhian ddod â'r ffôn i'r stiwdio, meddyliodd Alaw. Byddai'n rhaid iddi hi ei ffonio, i ymddiheuro am ei hymddygiad. Roedd yr ail alwad gan Janice o Dregarth a oedd eisiau gwybod a oedd gan Alaw '*elegy*' i aur neu arian.

Teimlai Alaw ei bod hyd at ei chlustiau mewn stwff brown, fel y bu ei ffôn. Roedd hi wedi llwyddo i bechu Catrin o fewn pedair rhaglen yn unig. Gallai ei thynnu oddi ar yr awyr unrhyw bryd a byddai digon o bobol a fyddai'n barod i gymryd y slot oddi wrthi – y slot bwysicaf ar yr orsaf. Roedd yn rhaid iddi hi ymateb i'r her ar frys. Treuliodd y prynhawn yn gwrando ar Radio Cymru, yn dwyn syniadau a chreu strategaeth i achub ei rhaglen. Penderfynodd y byddai hi'n mynd â'r rhaglen 'nôl at ei gwreiddiau ac yn ailgyflwyno'r Clwb Gwau, y Slot Garddio a'r Slot Prisio Hen Greiriau ac y byddai hi'n cysylltu â rhai o'r hen ffyddloniaid. Llyncodd ei balchder ac aeth ati i lunio rhestrau o'r caneuon a'r gwesteion a fyddai'n siŵr o wneud i'r gwrandawyr droi 'nôl at Pawb FM ac a fyddai'n gwneud i Catrin Rowlands ganu grwndi.

Syniad Catrin

Roedd hi'n hanner awr wedi chwech y bore ac eisteddai Alaw a Ffion yn y stiwdio yn trafod ymddygiad rhyfedd Catrin ers i Richie adael. Un anwadal oedd hi ar y gorau ond roedd hi wedi bod yn waeth nag erioed dros yr wythnos ddiwethaf. Doedd staff y swyddfa prin wedi gweld lliw ei thin ers dyddiau a go brin y gallai unrhyw un fethu'r fath din. Yn ôl ei chynorthwyydd personol, roedd hi wedi bod yn gweithio tipyn o'i chartref ac fe adawodd focs anferth o fisgedi siocled i'w rhannu rhwng y staff i gyd i ddiolch am eu gwaith caled yn ei habsenoldeb. Y gwir amdani oedd fod rhedeg yr orsaf yn dipyn haws heb ei phoenydio cyson hi. Wnaeth hi ddim egluro wrth neb chwaith mai'r rheswm nad oedd hi'n bresennol oedd am ei bod hi'n gofalu am Richie.

"Falle ei bod hi wedi cael tröedigaeth," cynigiodd Alaw.

"Neu falle ei bod hi wedi cael secs," cynigiodd Ffion. Chwarddodd Alaw.

"Go brin! Falle bod ganddi hi naw bywyd, fel cath, a'i bod hi newydd ddechrau bywyd newydd. Fel person go iawn, yn hytrach na gwrach," meddai Alaw.

"Falle. Beth bynnag yw e, mae e'n eitha *scary*."

"O ie, ma angen i ni benderfynu'n go glou beth i'w wneud ar gyfer y sioe Galan Gaeaf. Well i ni gynnig rhywbeth cyn i Fat Cat gael rhyw syniad twp."

Pan ddaeth y rhaglen i ben am un ar ddeg o'r gloch, daeth Ffion i'r stiwdio i roi ei barn ar ffrogiau roedd Alaw wedi'u gweld ar y we. Roedd Alaw eisoes wedi dechrau chwilio am rywbeth i'w wisgo i fedydd babi newydd Delun, er nad oedd e wedi'i eni eto. Tueddai Alaw i ffafrio ffrogiau byr a thynn tra argymhellai Ffion rai mwy ceidwadol y credai eu bod yn fwy addas i ddynes o'i hoed hi. Roedd y ddwy ynghanol trafod pan ymddangosodd wyneb Catrin yn y ffenest rhwng yr ystafell gynhyrchu a'r stiwdio, ac roedd hi'n anodd dweud pa mor hir y bu yno'n syllu arnyn nhw. Roedd yr ymweliadau annisgwyl hyn yn gwneud i Alaw deimlo'n nerfus yn y gwaith. Caeodd y wefan o'i blaen ar frys.

Y tu ôl i Catrin, roedd y cyn bêl-droediwr Tony Mahoney, yn frown o'i gorun i'w sawdl oni bai am ei wên ddilychwin oedd yn disgleirio fel dillad Tim Henman ar hysbyseb powdwr golchi adeg Wimbledon. Roedd y ddwy'n gyfarwydd â'i weld ar goridorau'r lle gan ei fod wedi bod yn gweithio i adran chwaraeon Pawb TV a Pawb FM yn cyflwyno ac yn sylwebu ers rhai blynyddoedd. Camodd y ddau i'r stiwdio, ill dau yn llenwi ffrâm y drws yn ei dro – Catrin yn llenwi ei led a Tony'n llenwi ei hyd.

"Neis eich gweld chi'n gwneud ychydig bach o waith 'ma, ferched, yn lle rhowlio ar y llawr ac yn giglo fel dwy groten ysgol, fel y tro diwetha."

Cododd Tony ei aeliau mewn syndod.

"Wwww, *cheeky*," meddai'n ddrygionus. Tybiodd Alaw mai cyfeirio at y ddelwedd awgrymog ohoni hi a Ffion oedd Tony, nid at agwedd haerllug arferol Catrin.

"Alaw, dyma Tony," cyhoeddodd Catrin.

"Helô," atebodd Alaw a deallodd Ffion ei bod hi'n bryd iddi hi i ddianc i'r ystafell gynhyrchu. Gwenodd Tony ar Alaw a chododd ei ddannedd llachar fymryn o gur pen arni a'i hatgoffa ei bod yn dal i deimlo braidd yn fregus ers nos Sadwrn. Roedd wedi eillio'i wallt ac roedd yn gwisgo clustdlws a dynnai sylw at ei lygaid glas.

"Am wneud eitem i ni wyt ti? Gei di ddod 'Lawr yr Eil' hefyd yn y fargen!" dywedodd Alaw.

"Na, Alaw, cyflwyno gyda ti fydd Tony," meddai Catrin. "Gan ddechre fory. Dy'n ni ddim yn cael hanner digon o ymateb i'r sioe ar hyn o bryd a Duw a'n helpo ni pan fydd y ffigurau gwrando yn cael eu rhyddhau, felly 'wy wedi penderfynu gofyn i Tony gydgyflwyno gyda ti i weld a allwn ni godi'r sioe 'ma 'nôl ar ei thraed, cyn y bydd pawb wedi troi i wrando ar Radio Cymru. Ond dim ond tan y bydd Richie 'nôl fydd hyn."

"Pryd fydd hynny?" gofynnodd Alaw'n siriol, er ei bod hi'n teimlo ton o gynddaredd yn codi drosti ac yn ffurfio lwmpyn poenus yn ei gwddw.

"Rhai wythnosau, Nadolig fan bella. Nawr sa i'n becso beth y'ch chi'n neud ond iddo fe ddenu gwrandawyr achos ar hyn o bryd 'wy'n talu Ffion i ateb y ffôn sydd prin yn canu. Hon yw prif raglen yr orsaf, chi'n gwbod!"

"Wyt ti wedi cyflwyno rhaglen radio o'r blaen?" holodd Alaw.

"Naddo, ond dw i wedi gwneud peth sylwebu a rhai bwletine chwaraeon."

Roedd Alaw wedi'i glywed yn sylwebu sawl gwaith ac er nad oedd hi'n deall fawr ddim am bêl-droed, roedd hi'n deall digon i wybod y sgôr, a sgôr Tony oedd da-i-ddim.

Roedd hi hefyd wedi sylwi nad oedd fawr o sglein ar ei fwletinau chwaraeon.

"Byddi di'n grêt, dwi'n siŵr… dim ond ychydig bach o bersonoliaeth sydd ei angen, beth bynnag," parhaodd Catrin, a chynnig clatsien arall i Alaw Mai.

"Felly o hyn ymlaen, *Bore da, Tony ac Alaw* fydd enw'r rhaglen," cadarnhaodd Catrin.

"Mae e'n swno fel Tony ac Aloma!" mentrodd Alaw brotestio, yn y gobaith y byddai Catrin yn newid trefn yr enwau.

"Ydy, ti'n iawn, da iawn am sylwi. Bydd y gwrandawyr wrth eu bodd!" atebodd Catrin yn nawddoglyd, gan adael y ddeuawd newydd yn y stiwdio. Estynnodd Tony gadair ac eistedd gyferbyn ag Alaw. Tynnodd yr handlen oddi tani a dechreuodd esgyn yn araf.

"Sori, mae'n rhaid bod hyn wedi dod fel bach o sioc i ti… sdim lot o tact gan Fat Cat…"

"Na, na, mae'n iawn. Mae'r *air con* 'ma'n tueddu i effeithio ar 'y nghontacts i erbyn diwedd shifft," eglurodd yn wantan gan rwbio'i llygaid dagreuol.

"Dyw hi ddim wedi rhoi lot o amser i ni ddod i nabod ein gilydd, chwaith," meddai gan syllu i fyw ei llygaid.

"Ti'n iawn. Ma lot o waith o'n blaene ni heddi," atebodd Alaw gan gasglu ei nodiadau.

"Ond ti wedi bod yn styc yn y stiwdio 'ma ers orie'n barod. Pam na siaradwn ni dros ginio? Mae hi'n ddiwrnod braf – ond dwyt ti ddim yn gwbod hynny yn y twll tywyll 'ma! Ga i dy drîto di i ginio yn y Clwb Golff? Ti 'di bod 'na'n ddiweddar?"

"Mae gen i ryw gof…"

"Mae'r bwyd yn dda. Yn llenwi twll, ta beth! Ti'n deall? Llenwi twll? Clwb golff? Llenwi twll!"

"Aha, da iawn!" atebodd Alaw, er nad oedd hi mewn hwyliau am jôcs.

"Ti'n gweld, o'n i'n gwbod y gallen i *cheer*io ti lan!" Aeth ias lawr cefn Alaw wrth glywed yr idiom Saesneg hyll.

"Mae cwpwl o bethe dw i angen neud yn gynta. Ga i gwrdd â ti yn y cyntedd mewn rhyw chwarter awr?"

"Iawn, bêb," atebodd Tony wrth dynnu ei sigaréts o'i boced a gadael y stiwdio, gan lygadu bronnau Ffion Medi a oedd yn pwyso dros yr argraffwr i newid yr inc. Rhuthrodd Ffion 'nôl i'r stiwdio cyn gynted ag y gwelodd Tony'n mynd o'r golwg.

"Beth sy'n digwydd?" holodd.

"Croeso i *Bore da, Tony ac Alaw…*" atebodd Alaw yn ei llais radio mwyaf gwenieithus.

"Na!"

"Ar ôl yr holl flynyddoedd dw i 'di slafo yn y stiwdio 'ma, yr holl foreau dw i 'di codi'n gynnar i ddiodde Dic Ed yn fy nhrin i fel baw, dyma'r diolch dw i'n 'i gael. Cael rhyw dwpsyn fel Tony Mahoney yn cydgyflwyno gyda fi!"

Rhuthrodd Ffion i roi cwtsh iddi hi, er y gwyddai y byddai hi'n saff o gael dagrau a smwt Alaw ar hyd ei chrys rygbi. Gafaelodd yn dynn ynddi a rhwbio'i chefn yn gysurlon. Roedd arogl bendigedig cnau coco ar ei gwallt golau.

"Pa hawl sy 'da fe i ddod fan hyn a difetha popeth? Ti'n gwbod beth 'na'th e 'ngalw i? Bêb! Pa hawl sy 'da fe? O'dd popeth yn mynd mor dda. Dw i'n gwbod, dw i jest yn gwbod bydd e'n blydi *hopeless*!"

"Bydd, os bydd ei berfformiad e fan hyn rhywbeth yn debyg i'w berfformiad e ar y cae."

"Beth ti'n feddwl?" Cododd Alaw ei hwyneb coch, soeglyd o afael Ffion.

"Fe gafodd e bum tymor gyda Spurs ddechrau'r nawdegau a chwpwl o gêmau i Gymru a 'drych beth ddigwyddodd!"

"Beth ddigwyddodd?" snwffiodd Alaw yn obeithiol.

"Diawl o ddim. Doedd Rhyl hyd yn oed ddim moyn e erbyn y diwedd! Dim ond hanner can gêm wnaeth e chware i Spurs. Ro'dd e'n cymryd yr arian ac yn eistedd ar y fainc, ond mae idiots fel Fat Cat yn rhy ddall i weld mai dyn bach pathetig, didalent yw e. Rwyt ti'n llawer gwell na fe, Alaw. Daw hynny'n amlwg yn ddigon clou."

Estynnodd Ffion hances bapur i Alaw a oedd yn dechrau dod at ei choed.

"Paid â gadael iddo fe weld dy fod ti'n ypsét."

"Dwyt ti ddim yn meddwl y bydd e gyda ni am yn hir?"

"Ddim o gwbwl."

"Ocê, felly dim ond am dipyn bach fydd rhaid i fi geisio dod mlaen gyda'r dyn?"

"Yn union."

Sychodd Alaw ei dagrau ac er mor erchyll oedd y sefyllfa, câi hi ginio am ddim yn y Clwb Golff o leiaf.

Drwg yn y caws

Doedd gan Alaw Mai fawr o ddiddordeb mewn ceir a llai fyth o ddiddordeb mewn rhannu ei sioe gyda chyflwynydd arall. Ond pan arweiniodd Tony hi i'w gerbyd swanc, fedrai hi ddim peidio â chyffroi rhywfaint. Roedd hi wedi sylwi arno sawl gwaith yn y maes parcio.

"Hwn yw dy gar di?" gofynnodd, er bod hynny yn gwbl amlwg wrth i Tony anelu ei allwedd i'w gyfeiriad a'i ddatgloi.

"Ie," atebodd gan fynd ati i agor drws y teithiwr i Alaw. Dechreuodd Alaw ddifaru na wisgodd rywbeth smartiach na'i jîns y bore hwnnw.

"Sa i di bod mewn car *topless* o'r blaen!" meddai'n ddrygionus gan na allai gofio'r enw iawn.

"*Convertible*. Bydda i'n newid e cyn bo hir."

"Be gei di nesa?"

"Rhywbeth tebyg, ond yn fwy newydd."

"Beth sy'n bod ar hwn?"

"Dim, ond mae newid yn *change* fel maen nhw'n dweud!" atebodd wrth danio'r injan.

"Dyna pam ti wedi penderfynu rhoi cynnig ar gyflwyno radio byw, ie?"

"Ie, siŵr o fod. 'Wy'n joio yn yr adran chwaraeon ond pan ofynnodd Catrin i fi, 'nes i fynd amdani. Falle ga i ddim cyfle 'to. Mae'n rhaid i ti fyw i'r funud yn yr hen fyd 'ma. Bydd e hefyd yn golygu y caf i amser i gael *kick-about* gyda'r plant yn y prynhawnie."

Wrth iddyn nhw yrru allan o'r ddinas, dechreuodd car Ysgol Foduro dynnu allan o flaen cerbyd Tony ar gylchfan, cyn brecio'n sydyn pan welodd ei fod e'n dod. Canodd Tony ei gorn ar y crwt ifanc y tu ôl i'r llyw ac edrych yn gas arno.

"Faint o blant sy 'da ti?" holodd Alaw er mwyn llenwi'r tawelwch wedi i Tony orffen rhegi.

"Tri. Orlando sy'n bump, Milan sy'n bedair a Barri sy'n ddwy a hanner."

"Enwau diddorol."

"Ro'n ni'n arfer mynd ar ein gwyliau dipyn. Ry'n ni wedi gwahanu erbyn hyn."

Gwenodd Alaw yn lletchwith. Estynnodd Tony ei ffôn symudol iddi, ac yno roedd llun o'r tri yn bapur wal i'r teclyn. Roedden nhw allan yn yr ardd ac wedi'u gosod ar drampolîn anferth crwn gyda rhwydi o'i gwmpas. Roedd y tri'n gwisgo cit pêl-droed. Roedden nhw'n blant bach pert ac wedi etifeddu'r cyfuniad hwnnw o wallt melyn a llygaid gleision a oedd gan eu tad. Er hynny, edrychai eu crwyn yn rhy welw i fod yn blant iddo.

"Mae gardd fawr gyda chi," medd Alaw wrth iddi astudio'r llun o'r tri.

Dechreuodd y teclyn yn ei llaw ddirgrynu'n bwerus, fel pe bai wedi cynddeiriogi'n lân. Neidiodd Alaw Mai a theimlai fel pe bai hi wedi cael ei dal ynghanol rhyw weithred waharddedig am ryw reswm. Ymddangosodd llun merch smart gyda gwallt tywyll hir a bronnau mawr ar y sgrin.

"*Rachel mob* yn galw," meddai Alaw.

"O, gad iddo fe ganu. Ffonia i hi 'nôl wedyn," meddai gan ganolbwyntio ar yr hewl. "Mam y bois," ymddiheurodd ac eisteddodd y ddau'n fud i gyfeiliant y dirgrynu ffyrnig tan iddo dewi.

"Reit, *Bore da, Tony ac Alaw*. Beth wyt ti angen dweud wrtha i?"

"Wel, mae'r rhaglen yn rhedeg o ddydd Llun i ddydd Gwener, o saith tan un ar ddeg. Mae Ffion Medi a fi'n cynllunio trefn y rhaglen sy'n cynnwys yr holl fwletine newyddion, pob un o'r slots dyddiol, hysbysebion, jingls, a thrêls a phethe felly..."

Sylwodd Alaw fod Tony wedi tynnu'r panel atal pelydrau'r haul i lawr a'i fod wedi dechrau edmygu ei adlewyrchiad yn y drych. Penderfynodd ddal ati er nad oedd hi'n grediniol ei fod yn gwrando.

"Fi sydd wedi bod yn rheoli'r ddesg sain hyd yn hyn a fi'n fodlon parhau i neud hynny tan y byddi di wedi dod i arfer. Mae e'n ddigon hawdd unwaith wyt ti wedi cyfarwyddo gyda lleoliad yr holl fotymau – fel gyrru car."

Ffliciodd Tony y drych yn ôl i'w briod le. Aeth Alaw yn ei blaen.

"Mae'r caneuon yn newid pan ry'n ni'n cael ceisiadau gan y gwrandawyr a does dim rhaid sticio'n union at y drefn. Falle galle Ffion a fi barhau i neud hyn am ychydig hefyd, tan dy fod ti'n dod yn fwy hyderus." Oedodd Alaw am eiliad. Doedd hyder yn amlwg ddim yn broblem i hwn.

"Cŵl. Felly pwy sy'n gwrando?"

"Wel mae'n anodd cael cynulleidfa darged benodol

gan fod y rhaglen mor hir, felly maen nhw'n amrywio. Yn gyffredinol, ni'n rhoi'r eitemau i'r rhai ifanc yn y ddwy awr gyntaf, cyn i bawb fynd i'r ysgol neu i'r gwaith ac mae'r ddwy awr olaf yn canolbwyntio ar y to hŷn. Ond mae'n anodd gwybod pwy sy'n gwrando achos mai'r genhedlaeth hŷn sy'n cysylltu â ni fel arfer. Falle bod ein gwrandawyr iau ni'n rhy brysur i godi'r ffôn."

Doedd Tony ddim yn gwrando ac roedd e erbyn hyn yn syrffio'r we ar ei ffôn boced wrth yrru.

"Odi'r rhaglen ar Facebook?"

"Fe wnes i ddechre tudalen Facebook i raglen Rich ond bu'n rhaid i fi'i chau hi o fewn wythnos gan fod pobol yn sgwennu pethe cas am Richie. Dim fi oedd yn neud – onest! Dyna'r math o foi oedd Richie, o't ti un ai'n ei garu neu'n ei gasáu e."

"O'n i'n clywed bod e'n... bach o brat?" holodd Tony. Dim mwy o brat na ti, meddyliodd Alaw Mai.

"Ydy, a gweud y gwir. Dw i'n credu y dylen ni neud ymdrech i ddatblygu'r ochr ar-lein a dechrau trydar achos tasen ni'n cael ymateb gan bobol o dan hanner cant, bydde fe'n neud yr holl raglen i swnio'n iau."

"Trydar?" gofynnodd Tony â golwg ar goll ar ei wyneb orenfrown.

Wrth i Alaw esbonio, cyflymodd y car ar y lôn lydan. Pwysodd Tony'n drwm ar y sbardun ac roedd clustdlysau mawr Alaw yn cyhwfan yn yr awel.

Roedd Tony'n iawn. Roedd hi'n ddiwrnod braf. Haf bach Mihangel. Un o'r cyfleoedd olaf y câi Tony i fwynhau ei gerbyd di-do cyn y gaeaf, meddyliodd. Nid ei fai e oedd hyn i gyd. Gwyddai Alaw y byddai hi hefyd wedi neidio at y cyfle pe bai hi wedi cael y cynnig. Bai Catrin a neb arall oedd hyn. Roedd hi heb hyd yn oed roi cyfle i Alaw i setlo yn y slot a meithrin cynulleidfa. Ond gwyddai fod Catrin yn dal dig yn ei herbyn am ryw reswm. Cenfigen, efallai, meddyliodd Alaw gan astudio ei chluniau main yn y jîns tyn.

Parciodd Tony ei gar yn gam a chydgerddodd y ddau lan y grisiau am y fynedfa. Cofiodd Alaw amdani hi ei hun yn cropian ar ei phedwar wrth waelod y grisiau yn ystod y briodas. Duw a ŵyr pam, ond roedd hynny'n esbonio'r briwiau ar ei phengliniau.

"*Your usual table, Mr Mahoney?*" gofynnodd y weinyddes.

"*Yes.*"

Roedd y lle'n gymharol ddistaw ac roedd fel petai rhyw bedwar aelod o staff yno ar gyfer pob cwsmer. Wrth iddyn nhw gael eu harwain at y bwrdd, clywodd Alaw ddwy ddynes tua'r run oed â hi'n ciniawa nid nepell oddi wrth eu bwrdd nhw yn sibrwd wrth ei gilydd.

"Fe yw e, ie?"

"Ie, yn saff i ti. Honna yw ei wraig e?"

"O'n i'n meddwl eu bod nhw wedi ysgaru, a'i bod hi wedi mynd â'r cwbwl."

"Pwy bynnag yw hi, mae'n sguthan lwcus."

Roedd bwrdd y ddau ger ffenest anferth a edrychai dros y cwrs a'i arwynebedd mor wyrdd a pherffaith â lliain bwrdd snwcer. Tynnodd y weinyddes y gadair allan i Alaw, er ei bod hi'n siŵr y byddai Tony wedi gwneud hynny, pe bai angen iddo. Eisteddodd gan wenu ar y ddwy ddynes eiddigeddus yn falch. Gan y byddai Tony'n siŵr o fynnu talu, penderfynodd Alaw fynd am un o'r pethau rhataf ar y fwydlen, sef salad caws gafr, er bod hwnnw hyd yn oed yn costio crocbris, a dewisodd Tony ryw stêc swanc. Gadawodd hi i Tony ddewis poteled o win iddyn nhw er nad oedd hi'n siŵr sut y bydden nhw'n cyrraedd adref os byddai'n yfed.

Daeth gweinydd ifanc i gymryd eu harcheb a chymerodd hi ddim yn hir i Alaw adnabod ei wyneb plorodllyd a'i frês dannedd, o niwloedd ei chof.

"Helô, Alaw," meddai.

"Haia," atebodd hithau gan nad oedd ganddi syniad beth oedd ei enw. "Ti'n iawn?" gofynnodd o ran cwrteisi gan fod golwg fach ddigon diflas ar y crwt.

"Odw, jyst yn nacyrd. Fi'n gweithio fan hyn bob dydd i safio i brynu car pan fydda i wedi pasio test fi."

"Bydd car ar werth gyda fi cyn hir!" ychwanegodd Tony yn goeglyd. Roedd y llanc yn llawer rhy ifanc i adnabod Tony. Byddai yn ei glytiau pan oedd gyrfa'r pêl-droediwr yn ei hanterth.

"O, *sick*!" ymatebodd y llanc yn frwdfrydig. Dyna'n union sut y teimlai Alaw hefyd wrth feddwl amdani hi a fe'n labswchan o flaen ei ffrindiau i gyd.

"Faint sydd 'da ti i'w wario?"

"Pum can punt erbyn diwedd yr haf, gobeithio."

Chwarddodd Tony'n harti dros y lle gan dynnu sylw ei gyd-aelodau yn y Clwb. Claddodd Alaw ei phen yn y fwydlen mewn embaras.

Ar ôl bwyta'r caws gafr amser cinio, bu Alaw'n breuddwydio drwy'r nos. Yn y freuddwyd, roedd hi ar lan afon ar fancyn llyfn, gwyrdd ar ddiwrnod braf. Roedd hi a Fat Cat yn cael picnic ar y bancyn ac yn mwynhau llwyth o fisgedi siocled. Ond yr eiliad nesaf, roedd Alaw'n flin ofnadwy ac yn stwffio Catrin i sach fawr ac yna'n ei chlymu'n dynn, er mwyn boddi'r gnawes. Gallai gofio gwylltio'n lân gan nad oedd hi'n ddigon cryf i rolio'r sach drom ond dyma Tony Mahoney'n ymddangos ac yn cicio'r sach i wely'r afon gyda'i esgidiau pêl-droed llachar. Roedd Alaw mor ddiolchgar iddo am achub y dydd, dyma hi'n dechrau ei gofleidio a'i gusanu, a'r eiliad nesaf, roedd y ddau'n caru ar y borfa. Pan ddeffrodd Alaw o'r freuddwyd rhyw hanner awr cyn i'w larwm ganu, addawodd na fyddai hi byth yn bwyta caws gafr eto rhag iddi hi gael rhagor o'r fath freuddwydion.

Dechrau drwg

"Bydde man a man i fi fod 'ma fy hunan!" meddai Alaw yn y meic gan dynnu sylw Ffion a oedd â'i thrwyn mewn nofel dew yn yr ystafell gynhyrchu. Dim ond un alwad ffôn roedd hi wedi'i dderbyn drwy'r bore. Roedd Tony wedi mynd am ei drydydd mwgyn y bore hwnnw tra oedd Alaw'n chwarae cân. Mae'n rhaid bod ganddo bledren wan, achos roedd wedi bod i'r tŷ bach sawl gwaith hefyd. Prysurodd Ffion i'r stiwdio er mwyn trafod y newydd-ddyfodiad.

"Wedes i y bydde fe'n anobeithiol, do? Sdim lot o stamina gyda fe o ystyried ei fod yn arfer chware pêl-droed. Un peth yw cyflwyno bwletin chwaraeon am funud bob awr, ond peth arall yw cynnal rhaglen am bedair awr! Ro'dd e'n dechre chware â'i ffôn ar ôl deg munud."

"Sa i'n credu 'i fod e wedi darllen fy nodiade i am y cyfweliad 'na, chwaith. O'dd e'n eitha di-glem," meddai Ffion.

"O nefi wen, a phan ddechreuodd e gwyno am hen bobol mewn ceir a shwt na ddyle neb dros hanner cant gael trwydded, o'n i moyn cau ei feicroffon e!"

"Ges i alwad yn cwyno ambyti 'na."

"Ti heb fynd â'r peth ddim pellach?"

"Naddo, siŵr."

"Da iawn. Falle mai amser sydd ei angen arno fe. Chware teg, dim ond ei fore cynta yw hi."

"Falle. Jyst gobeithio na wneith e dynnu gormod o wrandawyr yn ei ben yn y cyfamser."

"Mae'n gwneud i ti ame pam oedd yr adran chwaraeon mor awyddus i gael gwared ohono fe."

Caeodd Alaw ei cheg yn sydyn wrth i Tony wthio drws y stiwdio ar agor â'i ysgwydd gref. "Mae'n mynd yn dda, on'd yw hi, *ladies*? 'Wy'n rili mwynhau!" meddai Tony wrth gymryd ei sedd gyferbyn ag Alaw.

"Odi," meddai Alaw gan droi at sgrin ei chyfrifiadur er mwyn gweld faint o'r gân oedd yn weddill.

"'Wy'n methu aros am y rhaglen Calan Gaeaf! Bydd hi'n gyment o laff i gael gadael y stiwdio!"

"Dim ond ers dwy awr rwyt ti wedi bod 'ma!" meddai Ffion.

"A dyw Fat Cat heb gytuno 'to..." ychwanegodd Alaw.

"Bydd hi'n siŵr o neud. Cyfle i fi gwrdd â'r holl ffans!"

Edrychodd Alaw a Ffion ar ei gilydd yn amheus.

"Be sy'n bod?" holodd Tony'n ddiniwed.

"Hanner munud i fynd..." meddai Alaw gan wisgo'i chlustffonau a pharatoi at y linc nesaf. Roedd paratoi lincs pan na fyddai neb yn cysylltu â'r rhaglen wedi dechrau mynd yn llafurus ac roedd hi'n dechrau mynd yn brin o enwau ffug. Byddai'n rhaid i Alaw wneud sioe dda ohoni achos roedd Catrin yn ddigon dan din i roi'r bai arni hi am ddirywiad y rhaglen, er mai Tony oedd y drwg yn y caws. Mae'n rhaid ei bod hi wedi gwneud rhywbeth, rhywbryd i bechu'r ddynes.

Rhybuddiodd Alaw cyn cychwyn fod yn rhaid bod yn ofnadwy o ofalus gyda diodydd yn y stiwdio. Roedd gofyn cadw unrhyw gwpanau'n ddigon pell o'r ddesg gynhyrchu a'i holl ymdoddwyr a botymau allweddol, a'r rheiny'n werth degau o filoedd o bunnoedd. Ond yn eironig ddigon, ynghanol y sgwrs 'Te Deg', lle roedd Linda Lewis yn rhoi deg tip glanhau i'r gwrandawyr, dyma Tony yn gollwng ei baned gyfan yn beryglus o agos i'r ddesg gynhyrchu. Gwelodd Alaw y te'n lledaenu ar wyneb y ddesg i gyfeiriad y peirianwaith a rhoddodd lewys un o'i siwmperi gorau ynddo er mwyn stopio'r llif. Arbedwyd unrhyw ddifrod, diolch i Alaw, a bu bron iddi regi ar yr awyr. Y cyfan wnaeth Tony oedd chwerthin yn afreolus am gyfnod afresymol o hir. Bu'n rhaid i Alaw esbonio ar yr awyr beth oedd y rheswm dros y chwerthin mawr, a rhoddodd yr argraff ei bod hi hefyd yn cymryd y peth yn ysgafn wrth iddi ofyn i Linda am gyngor ar lanhau te oddi ar siwmperi cashmir.

Dim ond un alwad arall dderbyniodd Ffion yn ystod y rhaglen, gan hen ddynes yn cwyno bod chwerthiniad Tony wedi dychryn ei chi. Roedd y ci wedi cael llawdriniaeth yn ddiweddar, mae'n debyg, a doedd fiw iddo gael ei gynhyrfu. Dywedodd y byddai hi'n anfon bil y milfeddyg at Pawb FM pe bai pwythau'r creadur yn byrstio. Dywedodd y byddai'r ci'n siŵr o wella'n gynt pe bai Richie'n dychwelyd. Wnaeth Ffion ddim hyd yn oed gwneud nodyn o'r alwad ac aeth y ddynes yn ei blaen i fwydro am y ci am amser mor hir nes i Ffion fynd 'nôl i ddarllen ei nofel tra oedd y ddynes ar y lein, gan wneud synau cydymdeimladol bob hyn a hyn i roi'r argraff ei bod hi'n talu sylw.

O'r diwedd, daeth hi'n un ar ddeg o'r gloch ac roedd Alaw wedi ymlâdd. Dywedodd hi wrth Tony y gallai fynd adref i ymarfer pêl-droed gyda'i fechgyn, gweithgaredd oedd yn agos iawn at ei galon. Roedd hi'n falch ei fod o'r ffordd ac addawodd y byddai hi'n e-bostio manylion rhaglen fory at ei gyfeiriad e-bost personol cyn diwedd y dydd, er y gwyddai na fyddai'n mynd i'r drafferth o'i ddarllen. Drwy'r bore, teimlai Alaw fel pe bai hi wedi bod yn gwarchod plentyn mawr chwe throedfedd a fyddai'n rhoi ei droed ynddi ond iddo gael hanner cyfle. Ond er ei holl ffaeleddau, roedd rhywbeth hoffus amdano.

Aeth Alaw i swyddfa Catrin wedi i'r rhaglen ddod i ben. Roedd hi am wybod beth oedd hanes Richie ac am ba hyd yr oedd hi'n debygol o orfod dioddef Tony. Roedd drws ei swyddfa yn gilagored ond curodd Alaw arno beth bynnag. Gwae chi pe baech yn tarfu ar Catrin pan oedd ei drws ynghau, yn arbennig os oedd arogl rhywbeth blasus yn treiddio o dan y drws.

"Helô?" gwaeddodd Catrin o'i gorsedd fawreddog.

Camodd Alaw'n betrus i'r swyddfa gan gyfarch ei phennaeth yn swil. Roedd ei llewys yn dal yn llaith o gylch ei garddynau.

"Shwt alla i helpu?" gofynnodd Catrin, yn groes i'r graen.

"Glywoch chi'r rhaglen y bore 'ma?" holodd Alaw.

"Do, rhyw fymryn dros frecwast. 'Nest ti'n dda," meddai Catrin yn annisgwyl.

"Ydych chi wedi clywed mwy am hanes Richie?"

"Mae'n debyg ei fod e'n gwella. Yn gynt na'r disgwyl. Gweithio'n llawrydd mae Tony i'r rhaglen, felly cyn gynted ag y bydd Richie 'nôl..." Teimlodd Alaw ryddhad annisgwyl wrth feddwl am Richie yn dychwelyd.

"Ro'n i dan yr argraff mai ei fam e oedd yn dost."

"Ti'n iawn. Ond mae angen hoe ar Richard."

"Dw i'n gweld," meddai Alaw.

"O ie, dy e-bost di... Darlledu o leoliad ar Galan Gaeaf gyda *nutcase* o Langeitho sy'n meddwl ei bod hi'n gweld ysbrydion... 'Wy'n lico fe."

"Mae hi wedi bod yn ffonio ers blynydde yn mwydro amdanyn nhw."

"Ie, grêt, cer amdani. Ond os bydd Richie 'nôl, fe wnawn ni rywbeth *low key* yn y stiwdio, iawn?"

"Diolch yn fawr i chi, Catrin," meddai Alaw wrth iddi adael.

Treuliodd Alaw weddill y bore yn ailwrando ar y rhaglen, yn y gobaith na fyddai mor ffôl ag yr oedd hi wedi ofni, ond roedd yn waeth. Doedd hi ddim yn gallu deall sut ar wyneb daear na chafodd hi lond pen gan Catrin ond roedd hwyliau honno mor anwadal. Roedd bywyd bron yn haws pan fyddai hi'n flin bob amser, o leiaf ro'ch chi'n gwybod beth i'w ddisgwyl bryd hynny.

Dechreuodd rhaglen y bore hwnnw gyda'r slot 'Bore Godwyr' pan awgrymodd Tony wrth briodferch gynhyrfus oedd wedi codi'n gynnar ar fore'i phriodas ei bod hi'n gybydd am briodi ganol wythnos ym mis Hydref gan fod gwestai yn llawer drutach ar ddyddiau Sadwrn yn yr haf. Wedyn, aeth ati i ddisgrifio ei briodas ar ddydd Sadwrn poetha'r haf yn y Clwb Golff. Dechreuodd enwi'r gwahoddedigion adnabyddus i gyd a disgrifio Rachel yn cyrraedd mewn coets Sinderela ac yn edrych fel tywysoges, cyn i Alaw ei berswadio i gau ei geg.

Fe benderfynon nhw ladd dau dderyn drwy gael y

ferch druan i fynd 'Lawr yr eil' gyda Tony, ond gan iddo gawlio ei rifau, fe enillodd y ferch dros dri chan punt. Tipyn o dolc yng nghyllideb y rhaglen o ystyried mai can punt oedd y swm mwyaf yr oedd unrhyw un wedi ei ennill ar y rhaglen cyn hynny. Roedd y ferch wrth ei bodd, wedi maddau anghwrteisi Tony a dywedodd y byddai'n troi'r swm yn *euros* i'w gwario ar y mis mêl.

Wrth drafod sut i gadw'n gynnes dros y gaeaf yn nes ymlaen, dywedodd Tony ei fod yn credu bod siwmperi wedi'u gwau ar gyfer *poofs* yn unig ac mai'r ffordd orau o gadw'n gynnes oedd cael dynes boeth i rannu'ch gwely. Roedd hynny braidd yn herfeiddiol yn nhyb Alaw o ystyried mai hon oedd ei raglen gyntaf.

Roedd Tony'n cael tipyn o drafferth ynganu enwau grwpiau pop cyfoes Cymraeg yn gyffredinol a phenderfynodd Alaw mai hi ddylai ddarllen y rhestr ddigwyddiadau o hynny mlaen, achos doedd hi ddim yn awyddus i weld Gymanfa Bwnc yn mynd yn Gymanfa Bonc unwaith eto. Ac i goroni'r cyfan, roedd cyflafan y te i gloi'r rhaglen yn embaras erchyll. Yn wir, byddai gan unrhyw un call gywilydd o fod yn ymwneud â hi.

Yn y prynhawn, ffoniodd Alaw Ivoreena o Langeitho er mwyn bwrw iddi gyda threfniadau'r darllediad Calan Gaeaf. Doedd hi ddim yn edrych ymlaen at ffonio'r ddynes gan ei bod hi'n un adnabyddus am fwydro. Fel y mwyafrif fyddai'n ffonio *Bore da, Rich*, roedd ei chalon hi yn y lle iawn ond Duw a ŵyr ble roedd ei synnwyr cyffredin hi. Draw, draw yn China, mae'n siŵr, gan mai honno oedd y gân y byddai hi'n gofyn amdani bob tro.

"Tregaron un, dou, dou, dou, dou, pedwar." Nid

dechrau adrodd tabl dau oedd y ddynes – dyma sut y byddai hi'n adrodd ei rhif hi wrth ateb y ffôn.

"Helô, Ivoreena, Alaw Mai sy 'ma o Pawb FM."

"Cer o 'ma'r cythrel bach! Fi 'di gweud digon. Cer â hwnna o'r golwg. Ych a fi, y mochyn!" bytheiriodd.

"Sori?"

"Cer o 'ma, cyn i fi weud wrth dy dad!"

"Ivoreena?"

"Yr ast 'ma sy'n mynnu cario penne defed i'r tŷ, a finne wedi pregethu digon. O, ma hi 'di mynd i bryfoco Carwyn Jones nawr!"

"Carwyn Jones?"

"Y dyn gwellt, fenyw! Beth y'ch chi moyn 'de?"

"Wel fel ry'ch chi'n gwybod mae'n siŵr, dyw Rich ddim yn rhy hwylus ar hyn o bryd..."

"Cawl danadl poethion sydd ishe arno fe..."

"... a fi sy'n cyflwyno'r rhaglen, gyda Tony Mahoney."

"Y dyn pêl-droed orenj 'na yw hwnnw?"

"Ie. Ta beth, ry'n ni'n awyddus i recordio rhaglen ar leoliad ar gyfer Calan Gaeaf, ac ro'n i'n meddwl y bydde hi'n gyfle i ni ddod atoch chi i Ben Cnwc i recordio eitem am y pethe rhyfedd 'ma ry'ch chi wedi bod yn eu gweld yn y nos, fel y'ch chi wedi gofyn i ni wneud droeon."

"Wel, dewch pan ma llwyth o wellt yn cyrraedd, i roi help i fi. Dw i'n siŵr y bydde Tony'n gallu codi bêls fel 'se fe'n codi tatws."

"Y syniad yw ein bod ni'n recordio darnau yn hwyr yn y nos, wrth i ni ddisgwyl gweld yr ysbrydion a'n bod ni'n darlledu'n fyw dros frecwast y bore wedyn gan chwarae'r pytiau sydd wedi'u recordio. Gorau i gyd os bydd gyda chi lond tŷ o bobol, er mwyn creu bach o awyrgylch."

"Fe ga i air â nhw i wneud yn siŵr eu bod nhw 'na."

"Pwy? Eich ffrindiau chi?"

"Wel ie, fy ffrindie i o'r ochr draw. Pryd y'ch chi'n dod, i fi gael gweud wrthyn nhw?"

"Bore'r unfed ar ddeg ar hugain fyddwn ni'n darlledu'n fyw, ond byddwn ni'n cyrraedd y noson cynt."

"Fe fydd 'na le i chi'ch dou aros yn y garafán ar waelod y clos. Yn fyn'na y bydda i'n eu gweld nhw gan amla. Maen nhw'n lico fynna, rhwng y dip defed a'r domen. Synnen i daten mai'r smel sy'n eu denu nhw."

"Wela i."

"Ffonwch fi'r diwrnod cyn 'ny i'm hatgoffa i, rhag ofn i fi ddechre anghofio pethe, fel Hilda," meddai, gan roi'r ffôn lawr heb ffarwelio. Doedd Ivoreena byth yn meddwl ffarwelio â neb, felly go brin mai anghofio oedd hi, fel Hilda druan, pwy bynnag oedd honno.

Aeth Alaw ati ar ei hunion i archebu gwesty yn Llanbed iddi hi a Tony. Doedd hi ddim am rannu carafán, a go brin y byddai carafán Ivoreena yn un foethus iawn. Er ei bod hi'n od ac yn swrth, roedd hi'n halen y ddaear a byddai'n barod ei chymwynas bob amser. Un o selogion slot arddio'r rhaglen oedd hi a byddai'n rhoi'r rhan fwyaf o'i chynnyrch gardd i gartrefi hen bobol lleol, er ei bod hi'n weddol hen ei hunan. Roedd hi'n un dda hefyd i siarad ar y slot 'Bore Godwyr' gan y byddai'n codi cyn cŵn Caer i odro bob bore. Roedd Alaw wedi clywed hefyd ei bod hi'n un dda gyda phlant, a hi oedd wedi bod yn arwain yr Ysgol Sul leol ers chwarter canrif. Dechreuodd Alaw edrych mlaen at y rhaglen. O leiaf câi hi adael y stiwdio am unwaith, a chael reid yng nghar chwim Tony Mahoney, os byddai hi'n lwcus.

Codi'r ffôn

"Prynhawn da, Clust i Wrando."

A pharhau i wrando wnaeth y ddynes druan am dipyn ar fudandod ar y pen arall i'r lein. Roedd Richie wedi treulio'r bore yn darllen cylchgronau *Ideal Home* Catrin cyn magu'r plwc i ffonio.

"Helô," meddai Richie o'r diwedd gan obeithio na fyddai'r ddynes yn adnabod ei lais.

"Helô, Gladys Mair ydw i." Rhegodd Richie o dan ei anadl. "Ac fel y bydda i'n dweud yn Saesneg, *Gladys, and I am Glad because I found the Lord when I was fourteen.* Ond fy stori i yw honno. Chi sy'n bwysig nawr. Odyn ni wedi siarad o'r blaen?"

"Do, ond ddim ar y llinell yma."

"Wela i. Mae'r gwasanaeth yma yn gwbwl gyfrinachol, felly wna i ddim holi mwy."

Tawelwch.

"Nawr 'te, gwedwch rywbeth amdanoch chi'ch hunan."

Tawelwch pellach.

"Rhywbeth am shwt y'ch chi'n teimlo heddi?"

"Arna i ofan nad yw nawr yn amser cyfleus i siarad," meddai Richie'n gelwyddog.

"Ond chi ffoniodd fi!" atebodd Gladys mewn anghrediniaeth.

"Ie. Diolch am wrando, Gladys. Da bo chi," meddai a diffodd y ffôn.

Efallai y byddai hi wedi bod yn alwad fwy adeiladol pe bai wedi siarad â dyn, meddyliodd. Roedd ganddo'r ddawn o raffu celwyddau wrth ferched, wedi oes o ymarfer. Dechreuodd bendroni pryd y siaradodd â dyn ddiwethaf, ond roedd ei gof yn pallu. Cofiodd wedyn mai Win oedd e a theimlodd yr euogrwydd a'r dicter yn gwmwl du uwch ei ben.

Rhoddodd ganiad i Clust i Wrando unwaith eto'r prynhawn hwnnw a siarad â dyn o'r enw Dave. Ond sgwrsio wnaeth Dave yn fwy na gwrando, a bu'r ddau ar y ffôn am awr. Dechreuodd y ddau drwy drafod y tywydd a'r teledu ond wedyn, mentrodd Richie sôn am ei fam. Am ei salwch, a'r modd y bu hi'n ei fwlio ar hyd y blynyddoedd ac wedi trafod y pethau hyn mentrodd sôn am ei broblem fwyaf, yn llythrennol, sef Catrin Rowlands. Cyfaddefodd ei fod wedi syrffedu ar weithio ym myd radio a'i fod yn credu ei bod hi'n hwyr glas iddo gael swydd go iawn yn lle eistedd mewn stiwdio dywyll a phigo ar Alaw Mai. Roedd ofn Catrin arno ac roedd e'n gwybod bod yn rhaid iddo adael Plas y Bryn a dechrau sefyll ar ei draed ei hun cyn y dechreuai Catrin fynnu ei gariad yn gyfnewid am ei lletygarwch. Fe wnaeth ei fam y peth iawn wrth ei rwystro rhag priodi Catrin ond gwneud y peth iawn am resymau hunanol oedd hi. Roedd ei fam wedi difetha'i fywyd ac os na fyddai'n ofalus, byddai dynes bwerus arall yn mynd ati i wneud yr un peth.

Y noson honno, teimlai Richie'n dipyn gwell wrth wylio *Pobol y Cwm* gyda Catrin. Roedd hi wedi dod â chyrri i'r ddau ohonyn nhw ond roedd Richie'n ymwybodol iawn fod pob gweithred garedig ganddi yn rhoi mwy o bwysau arno i aros yno. Ac er mor braf fyddai cael byw yn y tŷ moethus a chael ei ddifetha, gwyddai y byddai hi'n ei orfodi i fynd yn ôl i'r gwaith yn hwyr neu'n hwyrach ac yn llawer, llawer gwaeth na hynny, byddai'n rhaid iddo ildio'i wely hyfryd yn yr ystafell sbâr i rannu gwely gyda'r ddynes ei hun. Doedd caru gyda Catrin ddim yn brofiad arbennig o ddymunol ugain mlynedd yn ôl ac allai e ddim dychmygu sut brofiad fyddai hynny nawr. Cododd cyfog blas Korma yn ei wddw wrth feddwl am y peth.

"Ti'n edrych bach yn well heno, Richard," meddai Catrin yn obeithiol yn ystod yr hysbysebion wrth fopio ei phlât â gweddillion ei bara naan.

"'Wy wedi cael diwrnod ofnadwy," atebodd yn gelwyddog, unwaith yn rhagor.

"O, blodyn," mentrodd. Roedd llygaid Richie wedi'u glynu i'r sgrin.

"Pam na ewn ni am dro bach fory? Neith les i ti adael y pedair wal 'ma."

Syllodd Richie ar y llawr. Roedd ganddo gynllun eisoes ar gyfer yfory, a ffonio Dave oedd hwnnw.

"Beth am fynd am wâc fach i Aberystwyth? Bydde aer y môr yn gwneud lles i ti, a gallwn ni bicio i weld Andrew i weld shwt mae e'n setlo ym Mhantycelyn."

"Gewn ni weld," atebodd Richie.

"O ie, ro'dd Alaw yn cofio atat ti." Tro Catrin oedd hi nawr i ddweud celwydd.

"Alaw druan."

"Ie, fydden i ddim yn lico bod yn ei sgidie hi. Ro'n i wir yn meddwl y bydde Tony Mahoney'n well na hyn."

"'Wy'n mynd i'r gwely."

"Braidd yn gynnar?"

"Does dim poen pan 'wy'n cysgu."

"Dylet ti weld rhywun."

"Dim ond bach o gwsg sydd angen arna i," atebodd gan sicrhau ei fod yn sefyll yn ddigon pell oddi wrthi fel na allai hi gyffwrdd yn ei law eto.

"Ti ŵyr. Nos da."

"Nos da."

Gorweddodd Richie'n effro am oriau gan nad oedd wedi gwneud dim drwy'r dydd i flino a dechreuodd feddwl am Dave. Doedd e ddim wedi dweud llawer amdano fe'i hunan ond dychmygai Richie fod ganddo wallt golau, gweddol hir a bod ei gorff yn gyhyrau i gyd. Roedd yn gymharol dal, a chanddo ysgwyddau llydan a chanol main, main, ac ambell datŵ chwaethus. Roedd Richie wastad wedi eisiau tatŵ, ond fyddai dim clem ganddo llun o beth i'w gael ac roedd gormod o ofn arno i'w fam ddod i wybod amdano. Roedd dirgelwch yn perthyn i Dave a apeliai'n fawr at Richie ond y gwir amdani, mae'n siŵr, oedd mai hen ddyn gyda gwraig a phlant ydoedd. Ond doedd dim drwg mewn breuddwydio.

Aer y môr

Deffrodd Richie toc wedi naw i arogl bacwn yn ffrio yn sleifio lan y grisiau. Mae'n rhaid bod Catrin wedi dod i ddeall mai dyna'r ffordd orau o'i gymell o'i wely. Cododd, gan adael pant o'i ôl yn y fatres, ac edrychodd ar ei adlewyrchiad yn y drychau ar y cypyrddau dillad helaeth. Roedd e'n edrych yn well, ac er ei fod yn teimlo'n well hefyd, digalonodd gan fod gwella yn arwain at bob math o gymhlethdodau y byddai'n rhaid iddo'u hwynebu. Tra oedd yn sâl, gallai fyw yn ddedwydd o dan adain Catrin ond gan ei fod bellach yn teimlo'n well, roedd ganddo gyfrifoldebau a phroblemau i'w hwynebu a phenderfyniadau anodd i'w gwneud. Gorau po hiraf y credai Catrin ei fod yn wael. Gwisgodd amdano ar frys – siawns y gallai fynd i'r gegin a bwyta'r brecwast bendigedig heb i Catrin sylwi ar ei adferiad, ond iddo ymddwyn fel bwbach blin yn ystod gweddill y dydd. Doedd e erioed wedi honni bod unrhyw beth yn bod ar ei stumog, wedi'r cwbl.

Wrth i Catrin baratoi brecwast, penderfynodd hi roi caniad i Andrew, i'w rybuddio eu bod nhw ar eu ffordd. Teimlai braidd yn euog gan nad oedd hi wedi'i ffonio ers dros bythefnos, ond doedd e heb ei ffonio hi chwaith.

"Andrew?"

"Helô, Mam," sibrydodd.

"Ble wyt ti? Pam wyt ti'n sibrwd?"

"Ro'n i yn y llyfrgell, ond 'wy'n cerdded mas nawr," atebodd.

"Cydwybodol iawn. Shwt ma pethe'n mynd?"

"Iawn."

"'Wy'n ffono i weud mod i'n bwriadu galw i dy weld di heddi."

"Heddi! Ond mae darlithoedd 'da fi."

"Pryd?"

"O ddeg tan hanner dydd..."

"Wel, dewn ni erbyn i ti gwpla 'de."

"Ni?"

"Bydd cwmni gyda fi. Richard Edwards."

"Y boi *gay* 'na sy arno yn y bore?"

"Dyw e ddim yn hoyw, Andrew."

"Odi mae e. Pam mae *e'n* dod 'da ti?"

"Mae'i fam newydd gael ei tharo'n wael, druan, a 'wy'n trial bod yn garedig."

"Ers pryd wyt ti'n poeni am dy staff?"

"Mae Richard yn gaffaeliad mawr i'r orsaf, ac mae angen edrych ar 'i ôl e. Bydde'i golli fe'n drychineb. 'Wy'n siŵr y bydd wâc fach yn codi'i galon e. Falle bydd e 'ma pan ddoi di adre dros y Nadolig 'fyd."

"'Ddof i ddim adre 'te."

"Paid â bod yn blentynnaidd."

"Sa i'n mynd i rannu 'nghracer i 'da hwnna. Fe yw'r dyn mwya *irritating* yn y byd."

"Dyw e ddim byd tebyg oddi ar yr awyr..."

"Sdim ots 'da fi."

"Sa i'n disgwyl i chi fod yn ffrindie penna, jyst bydd

yn gwrtais – mae e wedi bod trwy lot. Welwn ni di am hanner dydd."

Roedd Andrew wedi mynd. 'Nôl at ei waith, mae'n siŵr. Byddai'n dda ganddi pe bai e'n fwy normal, fel hi, meddyliodd. Dychwelodd Catrin at y brecwast, ac at hisian cysurlon y selsig yn y badell. Roedd hi'n braf cael coginio ar gyfer Richie gan ei bod wedi gweld colli paratoi bwyd i Andrew ers iddo adael. Byddai'n rhaid iddi feddwl am frecwastau gwahanol, rhag i Richie ddiflasu, meddyliodd. Efallai y gallai hi arbrofi â samwn wedi'i fygu, gan ei fod i'w weld wedi mwynhau'r *quiche* samwn y dydd o'r blaen. Holltodd ddau domato yn eu hanner a thynnodd ddwy fadarchen fawr fflat o'r oergell a'u taflu i wres y badell ffrio. Rhoddodd bedair tafell o fara gorau Marks yn ei thostiwr mawr a chracio dau wy i ffrwtian.

"Bore da, Richard," meddai Catrin uwchlaw'r pentan. Diolchodd Richard ei bod hi wedi gwisgo. "Edrych mlaen at ein trip ni i Aberystwyth?" holodd yn siriol. Roedd Richie wedi anghofio popeth am Aberystwyth.

"Cer di dy hunan. Arhosa i fan hyn," atebodd yn ddigalon.

"Paid â bod yn sofft! Neith les i ti!" mynnodd cyn cyflwyno platiaid o frecwast o'i flaen a oedd hyd yn oed yn fwy na'r un y cyflwynodd iddo y dydd o'r blaen.

"Oes rhaid i fi ddod?"

"'Wy wedi ffonio Andrew nawr i ddweud ein bod ni'n dod, ac mae e'n shwt grwt sensitif, fydden i ddim moyn ei siomi fe. 'Wy'n becso amdano fe, ti'n gwbod. Dyw e ddim fel bechgyn eraill. Ga'th e ei dderbyn i Rydychen ond wedes i wrtho fe y bydde hi'n lot gwell iddo fe fynd i fyw yn Neuadd Pantycelyn a gwneud ffrindie bach Cymraeg neis, fel gwnes i."

Ar y ffordd i Aberystwyth, dechreuodd Richie feddwl sut brofiad fyddai mynd i'r brifysgol. Doedd e erioed wedi ystyried y peth o'r blaen gan fod ei fam wastad wedi dweud wrtho ei fod yn rhy dwp i fynd. Roedd e wedi ei chredu am rai blynyddoedd hefyd, tan i hunanoldeb ei fam ei atal rhag gwneud peth wmbreth o bethau eraill a oedd o fewn ei gyrraedd. Ers colli ei gŵr, a fynte mor ifanc, roedd mam Richie wedi mynd yn ddynes unig a sur ac roedd hi'n benderfynol o sicrhau na fyddai ei hunig fab yn ei gadael.

Roedd rhyw gyffro ar droed yn Neuadd Pantycelyn wrth iddyn nhw gyrraedd ac roedd tri bws wedi'u parcio y tu allan yn barod i gludo'r myfyrwyr ar ryw drip neu'i gilydd. Roedd llwyth o fyfyrwyr wedi ymgynnull y tu fas, gyda chesys bychan a chaniau o gwrw, yn barod am antur. Denodd car Catrin dipyn o sylw wrth iddo yrru am y maes parcio a phan welon nhw Richie'n eistedd yn y cerbyd, cynyddodd y cynnwrf unwaith yn rhagor. Gan nad oedd Richie byth yn gadael Caerdydd, doedd e ddim wedi arfer â chael ei adnabod a doedd hi ddim wedi croesi ei feddwl y byddai'n debygol o gael ymateb fel hyn heddiw. Roedd Catrin eisoes wedi dechrau stryffaglu o'r cerbyd ond rhewodd Richie yn ei sedd. Sylwodd Catrin ar hyn ac oedi hanner ffordd mas o'r car.

"Be sy'n bod?"

"Maen nhw'n fy nabod i. Cer â fi o 'ma, nawr!" erfyniodd arni. Dechreuodd deimlo'r un panig a deimlasai pan gafodd ei adnabod gan y bachgen ifanc hwnnw yn yr archfarchnad. Doedd Catrin ddim yn sylweddoli bod hyn yn brofiad mor newydd iddo. Camodd allan o'r car a dweud wrth Richie drwy gil y drws.

"Paid â bod yn sili. Dere mas nawr, neu fe fyddi di'n tynnu mwy o sylw atat ti dy hunan."

Erbyn hyn, roedd y dorf wedi tawelu rhywfaint er mwyn ceisio clywed beth oedd yn digwydd. Penderfynodd Richie mai gorau po gyntaf y byddai'n cyrraedd yr adeilad ac yn gadael y twrw, felly dilynodd Catrin drwy'r dyrfa. Roedd llawer yn syllu arno a chlywodd ambell sylw wrth iddo basio fel "Ti byth yn 'i weld o go iawn, nag wyt?", "Be mae o'n da 'ma?", "Glywes i bythefnos 'nôl mai wythnos oedd gyda fe i fyw. Mae e'n edrych yn dda, chwara teg" a "O'n i wastad di meddwl ei fod e'n hoyw" ond doedd y profiad ddim yn rhy ddrwg wedi'r cwbwl, a melltithiodd ei hun am fod yn gymaint o fabi mam.

Fe gymerodd hi oes iddyn nhw ddod o hyd i stafell Andrew gan nad oedd Catrin yn cofio'r ffordd a gan ei bod hi mor araf wrth ddringo'r grisiau. Doedd hi ddim yn help chwaith nad oedd e wedi rhoi ei enw ar ei ddrws, fel y preswylwyr eraill. Erbyn iddyn nhw gyrraedd ei stafell, roedd hi bron yn un o'r gloch a chnociodd Catrin ar y drws. Cuddiai Richie y tu ôl iddi.

"Fe ddown ni 'nôl os oes cwmni gyda ti..." gwaeddodd Fat Cat wrth iddi glywed fod rhywun yn y stafell a gweld fod Andrew yn hir yn dod at y drws. Trodd i wincio ar Richie. Clywodd y ddau sŵn merched yn piffian chwerthin o'r stafell gyferbyn. Roedd eu drws yn gilagored a'r lle'n drewi fel cownter persawr Superdrug.

Pan atebodd Andrew'r drws, sylweddolodd Richie'n

syth pam nad oedd ganddo gwmni o'r math yr oedd ei fam yn awgrymu yn ei stafell.

"Ro'n i'n canolbwyntio," meddai Andrew yn biwis gan adael y drws ar agor i'w fam a'i chysgod newydd. Cymerodd hi gipolwg o gwmpas y stafell ac er na ddywedodd hi air, roedd ei hwyneb yn dangos yn glir nad oedd ganddi lawer o feddwl o safon y llety. Doedd prin wedi newid ers iddi hi fod yn byw yno, ond roedd ei chysylltiadau wedi sicrhau stafell sengl i'w mab. Amneidiodd Catrin ar Richie i eistedd ar y gwely ac fe eisteddodd hithau yn ei ymyl, er bod cadair yno iddi. Dechreuodd Richie boeni am y gwely, druan. Pe bai'r gwely'n cwympo o dan y pwysau, roedd digon o lyfrau trymion ar hyd y lle i'w gynnal. Heblaw am y llyfrau, roedd stafell yn foel ac yn dwt, a dychwelodd Andrew yn syth i eistedd wrth ei ddesg i astudio'r darnau ar y bwrdd gwyddbwyll o'i flaen.

"Oes rhywun wedi bod draw yn chwarae gyda ti?" holodd Catrin yn obeithiol.

"Dw i'n chwarae'n erbyn fy hunan," atebodd yn swta.

"Dyw hynna ddim yn lot o sbort... Sdim clwb gwyddbwyll y gallet ti ymuno ag e? Fel yr un yn yr ysgol?"

"Na."

"Wel, pam na wnei di chwarae yn erbyn rhywun ar y we?"

"Sa i'n moyn."

"Pam lai?"

"Bydde'n rhaid i fi golli wedyn. Fel hyn, 'wy'n ennill bob tro."

"Ti'n colli bob tro hefyd," atebodd ei fam. Cododd Andrew ei ben. Doedd e ddim wedi meddwl am hynny o'r blaen.

"Rwyt ti Richie'n gallu chwarae..." meddai Catrin. Cochodd Richie a synnodd ei bod hi'n cofio.

"Yn go lew," atebodd. Cododd Andrew ei aeliau.

"Pam na gewch chi gêm ar ôl cinio? 'Wy bron â llwgu. Beth am fynd i gael ffish a tsips ar y prom?" awgrymodd Catrin. Crychodd Andrew ei drwyn yn syth. "Gelli di Andrew ga'l jymbo sosej. Ewn ni nawr?"

Cododd Richie i'r ffenest i weld a oedd yr haid o fyfyrwyr yno o hyd.

"Allwn ni aros tan eu bod nhw wedi mynd?" holodd Richie.

"Ac 'wy ar hanner gêm," protestiodd Andrew.

Doedd Catrin ddim yn hapus. "Ocê, ocê, a' i i'w nôl nhw a dod â nhw 'nôl fan hyn! Jymbo sosej a tsips i ti, cod a tsips i ti, Richie?"

"Ga i sosej a tsips hefyd?" holodd Richie gan obeithio gallu osgoi hen bysgodyn afiach.

"Paid â becso, fi sy'n talu," meddai Catrin, yn ddiamynedd braidd. Doedd hi erioed wedi dannod y ffaith mai hi oedd yn talu am bopeth o'r blaen.

"Bydde well 'da fi sosej, diolch," atebodd.

"Chi'n mynd i fod yn iawn fan hyn am ryw chwarter awr?"

Llusgodd Andrew gadair arall at y ddesg ac amneidio ar Richie i chwarae'r darnau du. Roedd y gadair yn rhy isel iddo ond bwrodd olwg ar y bwrdd o'i flaen, cymryd ennyd i feddwl a gwneud y symudiad nesaf.

"Reit, 'wy'n mynd!" meddai Catrin, gan gau'r drws yn glep ar ei hôl.

Wnaeth Richie ac Andrew ddim torri gair â'i gilydd tan i Andrew ennill y gêm. Roedd Richie'n well chwaraewr o ddigon, ond gadawodd i Andrew achub y blaen arno, gan ei fod wedi crybwyll bod yn gas ganddo golli.

"Gêm dda," meddai Richie.

"Gêm arall?" holodd Andrew.

Nodiodd Richie, ond wrth iddyn nhw ailosod y darnau, hyrddiodd Catrin i mewn i'r stafell fach, a'i llenwi gydag oglau saim a physgod gan gyhoeddi ei bod hi'n amser cinio. Symudodd Andrew'r bwrdd gwyddbwyll i'r sil ffenest a dechreuodd Catrin osod y wledd ar y ddesg. Cipiodd ddrafft cyntaf ei draethawd oddi yno, cyn i'w fam ei faeddu â'i phawennau seimllyd, ac agorodd ei ffenest led y pen er mwyn ceisio cael gwared â pheth o'r drewdod. Gwyddai y byddai ei waith, ei lyfrau a'i ddillad i gyd yn drewi o hen bysgod afiach, diolch i'w fam.

Arbrofi

Gan fod darllediad byw *Bore da, Tony ac Alaw* yn Llangeitho yn prysur ddynesu, penderfynodd Alaw y byddai'n syniad da cael rhyw ymarfer bach cyn y diwrnod mawr, gan nad oedd hi wedi cael profiad o ddarlledu o'r tu allan i'r stiwdio o'r blaen. Cytunodd Catrin i adael iddyn nhw ddefnyddio fan loeren yr orsaf i wneud y darllediad, ond iddyn nhw ddewis lleoliad digon agos i'r stiwdio. Byddai'n rhaid iddyn nhw fodloni ar ddefnyddio'r peiriant bach ar gyfer y darllediad yn Llangeitho gan y byddai anfon y fan yn rhy ddrud.

Roedd ffrind i Tony yn y Clwb Pêl-droed lleol yn trefnu digwyddiad pedair awr ar hugain i godi arian er budd uned ffisiotherapi'r ysbyty lleol. Roedd cael hyd i leoliadau fyddai'n brysur yn gynnar yn y bore yn anodd ac roedd ffrind Tony wrth ei fodd pan awgrymodd y gallen nhw ddarlledu'n fyw oddi yno gan ei fod yn gwerthfawrogi pob cyhoeddusrwydd. Byddai enw Tony Mahoney yn siŵr o ddenu tyrfa. Doedd Alaw heb siarad â'r trefnydd ond roedd hi'n eitha hyderus gan y bydden nhw'n saff o weld digon o siaradwyr da yr oedden nhw'n eu hadnabod a hwythau ond lawr yr hewl yn y Clwb Pêl-droed.

Roedd un o dechnegwyr mwyaf profiadol yr orsaf, Phil, wedi helpu tipyn ar Alaw a Ffion i ddeall anghenion technegol darllediadau allanol ond thalodd Tony fawr o sylw i'w hyfforddiant. Y cynllun oedd y byddai Phil yn gyrru'r fan loeren i'r Clwb, gan ei fod ymysg yr ychydig rai oedd wedi'u hyswirio i wneud hynny, ac y byddai Ffion yn rheoli'r ddesg yng nghefn y fan fel bod Alaw a Tony'n rhydd i grwydro gyda'u meicroffonau i sgwrsio â hwn a'r llall.

Roedd hi newydd droi chwech o'r gloch, ac yn fore oer a diflas wrth i Phil, Ffion ac Alaw ddringo i flaen y fan i ddisgwyl am Tony. Cyn gynted ag y trodd Phil yr allwedd, fe seiniodd Pawb FM o'r radio fach lychlyd. Gadawodd yr injan i redeg er mwyn twymo'r gwresogydd a swatiodd Ffion ac Alaw at ei gilydd i gynhesu.

"Ble ma fe?" gofynnodd Phil yn ddiamynedd.

"Cymryd gormod o amser yn pinco, siŵr o fod," awgrymodd Alaw.

"Wedest ti wrtho fe i beidio â bod yn hwyr, yn do?" holodd Phil.

"Do, sawl gwaith," atebodd Alaw.

"Ond dyw e'n gwrando dim," ategodd Ffion.

Ar y gair, ymddangosodd car Tony ac fe barciodd mewn lle i berson anabl cyn loncian am y fan. Roedd hi'n hawdd dweud ei fod yn loncian i edrych yn secsi yn hytrach na'i fod yn brysio am ei fod yn hwyr.

"Haia tîm," meddai wrth gymryd ei le yn y fan a chau'r drws yn glep. Gosododd Tony ei *manbag* ar ei lin. Roedd e'n andros o fag mawr o ystyried nad oedd ganddo ddim byd o bwys i'w gario. Roedd Alaw wedi dysgu'n ddigon buan fod holl nodiadau pob rhaglen gyda hi.

"Ddylet ti ddim parcio dy gar fan'na, Tony. Lle i bobol

anabl yw e," meddai Phil wrth ddechrau gyrru am y Clwb.

"Ie, wel, mae'n warthus nad y'n nhw'n marcio llefydd parcio arbennig i ni."

"Chi'n cyrraedd y gwaith am chwech bob dydd. Dyw e ddim fel 'se prinder lle mor gynnar â hynny. Tria di barcio am naw, gwd boi! Gwisga dy wregys neu fi geith y bai os hedfani di drwy'r ffenest flaen."

Doedd Tony yn amlwg heb arfer â chael ei herio ac anwybyddodd orchymyn Phil. Dechreuodd Alaw a Ffion deimlo'n anghyfforddus.

"Tony. Belt," atgoffodd Phil.

Aeth Tony ati'n anniddig i chwilio am ei wregys a oedd yn dipyn o dasg mewn amgylchiadau mor gyfyng. Gwthiodd ei law lawr rhwng ei ben-ôl ei hun ac un Ffion i geisio dod o hyd i fwcl y gwregys. Cliciodd hwnnw i'w le, ond arhosodd llaw Tony yno am ennyd yn rhy hir.

"Ble fydd ore i fi barcio? Yn y maes parcio yn y cefn neu'r un yn y blaen?" gofynnodd Phil.

Llithrodd Tony ei law oer lawr cefn jîns Ffion. Rhewodd hithau, heb fod yn siŵr ai dychmygu'r peth oedd hi ai peidio.

"Os wnei di barcio ar bwys y toiledau, bydd pawb yn gweld y fan o'r hewl fawr a bydd e'n ddigon agos i ni bicio 'nôl a mlaen," atebodd Alaw.

Dechreuodd y llaw fwytho rhwng lastig dillad isaf Ffion a'i chroen. Syllodd Ffion yn syth o'i blaen, heb symud modfedd, wrth i'r cywilydd godi'n wrid drosti.

"Beth yw enw'r dyn rwyt ti wedi bod yn siarad ag e?" holodd Alaw.

"Rob Evans," atebodd Tony gan barhau i ddal ei law yno, fel pe na bai dim o'i le.

"Odi e'n un siaradus?"

"Eitha."

Trodd y fan am faes parcio'r Clwb a thynnodd Tony ei law o ddillad isaf Ffion, mor ddiseremoni ag y tynnodd Phil yr handbrêc wrth ddod i stop. Bownsiodd y drws ar agor wrth i Tony agor yr handlen a brysiodd y tri i'r clwb i hysbysu'r trefnwyr eu bod nhw yno. Tony gerddodd yn y blaen ond cadwodd Ffion yn dynn wrth Alaw. Gwyddai Tony'n iawn y byddai hi'n rhy ddihyder i ddweud wrth unrhyw un am yr hyn a ddigwyddodd.

O ystyried bod nifer o geir wedi'u parcio y tu allan i'r Clwb, roedd y lle'n rhyfeddol o ddistaw a welon nhw neb yn y cyntedd oedd yn arwain at y bar mawr, lle cedwid y crysau a'r tariannau mewn cypyrddau uchel. Tony gamodd drwy'r drws yn gyntaf a chlywodd y tri arall gymeradwyaeth fawr i'w groesawu. Roedd yn rhaid bod tipyn o bobol yno wedi'r cwbl. Chafodd y tri arall ddim ymateb, a'r cyfan oedd yn eu hwynebu oedd rhyw ddeugain o bobol o bob oed yn edrych mor ddiflas ag y gallent mewn distawrwydd nad oedd Alaw wedi clywed ei debyg ers iddi hi sefyll ei harholiad diwethaf pan oedd hi yn y coleg. Roedd rhai o'r criw yn amlwg wedi cysgu yno ac yn dal i orweddian mewn sachau cysgu. Sylwodd Alaw fod darnau o bapur a llyfrau ysgrifennu o gwmpas y lle ac yna fe ddeallodd beth oedd ar waith pan welodd boster mawr ar y wal yn dweud 'Shshsh... Tawelwch Noddedig'. Ysgrifennodd Rob, y trefnydd, ar fwrdd gwyn cyfagos.

"Croeso i Tony Mahoney!" Dechreuodd y criw glapio fel morloi ynfyd unwaith yn rhagor, ond heb yngan gair.

"Diolch, Rob," meddai Tony gan dorri'r tawelwch llethol. "Haia ffans!" a dechreuodd rhai o'r mudanod mwyaf diniwed chwifio'u dwylo arno'n wyllt. Gwelodd Alaw wynebau cyfarwydd ymysg y criw, pobol roedd Richie wedi cyfweld â nhw yn y gorffennol ac a oedd yn siaradwyr difyr.

"Pryd byddwch chi'n dechrau siarad eto?" holodd Alaw yn araf ac yn glir.

"6pm." Sgriblodd y llefarydd mud.

"Beth fydd yn digwydd tan hynny?" gofynnodd Alaw.

"Dim" oedd yr ateb ar y bwrdd. Edrychodd Alaw ar Tony â mellt yn ei llygaid. Edrychodd wedyn ar Phil.

"Blydi hel!" ebychodd Phil.

Fe bwniodd un o'r bechgyn ifanc ei dad, cyn pwyntio at Phil yn gyhuddgar – un ai am ei fod wedi rhegi neu am ei fod wedi siarad, doedd neb yn siŵr. Dechreuodd Rob ysgrifennu.

"Fydd dim lot i'w weld tan hynny, sori."

Pasiodd Rob daflen i Alaw a Tony oedd yn hysbysebu'r parti y noson honno i ddechrau am chwech, gyda stondinau, disgo ac ocsiwn o nwyddau pêl-droed wedi'u llofnodi gan chwaraewyr enwog.

"Fydd dim lot i'w glywed chwaith," meddai Alaw o dan ei gwynt ond gan fod y lle'n hollol dawel, roedd pawb yn clywed popeth. Rhoddodd Rob bêl droed mewn bag plastig i Tony ac aeth y pedwar allan i'r maes parcio er mwyn trafod beth i'w wneud.

"Reit, bydd hi'n hanner awr wedi chwech mewn dwy

funud. Beth y'n ni'n mynd i neud? Bydd yn rhaid i ni fynd 'nôl i'r stiwdio," meddai Alaw.

"Wel, ma tamed bach o broblem. Wedes i wrth y criw technegol y gallen nhw ddefnyddio'r stiwdio bore 'ma i neud ychydig bach o waith cynnal a chadw ar y ddesg gan ei bod hi'n rhydd am unwaith, ac fe ddechreuon nhw ddatgysylltu pethe prynhawn ddoe."

"Faint ti'n meddwl fydde fe'n costio i gael un neu ddou ohonyn nhw i siarad?" gofynnodd Tony.

"Dyw arian ddim yn datrys popeth, Tony! Mae pedair awr gyda ni i lenwi! Ble allwn ni fynd?" holodd Alaw. Yna'n sydyn, cofiodd iddi weld y ddynes oedd yn byw gyferbyn â hi yn llwytho'i char pan oedd hi'n gadael am y gwaith, gyda phob math o nwyddau ar gyfer sêl cist car.

"'Wy'n gwbod. Mae *car boot sale* yn cael ei gynnal yn y cae y tu ôl i'r Neuadd. Fe ddyle fod digon yn digwydd yno i lenwi rhaglen."

"Syniad da," meddai Phil. "Well i ti Tony fynd i ymddiheuro – ond paid â bod yn hir." Gwyddai Tony nad oedd iws protestio ac fe lonciodd am y Clwb.

"Go brin yr eith hi'n sgwrs hir," meddai Alaw yn goeglyd wrth gamu i'r cerbyd.

Roedd Ffion yno eisoes, ac wedi sicrhau mai hi oedd yn eistedd nesaf at Phil y tro hwn. Sylwodd Ffion fod dwylo Tony'n gorffwys yn daclus ar ei lin yr holl ffordd o'r Clwb Pêl-droed i'r sêl ac nad oedd wedi mentro cymryd mantais o Alaw. Fyddai fiw iddo wneud, meddyliodd Ffion, gan fod Alaw yn ddigon tebol i ddelio â phobol fel fe, yn wahanol iddi hi.

Yn ystod y rhaglen, eisteddai Ffion ar ei phen ei hun

yn nhywyllwch cefn y fan, yn rheoli'r ddesg tra oedd Phil yn yfed te o'i fflasg yn y blaen ac yn darllen papur. Roedd hi wedi cadw drws y fan ar agor yn fwriadol, er bod hynny'n golygu bod yn rhaid iddi hi eistedd mewn coblyn o ddrafft. Roedd Alaw'n gweithio'n galed yn crwydro o'r naill stondin i'r llall yn sgwrsio â chymeriadau'r ardal ac yn llwyddo i greu trafodaethau am amryfal drugareddau. Doedd Tony ddim yn cyfrannu rhyw lawer ac roedd hi'n gwbl amlwg ei fod wedi diflasu yno tan iddo ddod ar draws llun ohono fe'i hunan mewn rhyw lyfr sticeri o ddechrau'r nawdegau ar werth am hanner can ceiniog. Cafodd fodd i fyw yn mwydro am y dyddiau da pan oedd yn chwarae i Spurs, ond heblaw am yr eitem honno, roedd hi'n rhaglen fywiog a difyr.

Wrth i gân chwarae, daeth Tony i'r fan i weld Ffion. Roedd ei ddwylo tu ôl i'w gefn, yn amlwg yn cuddio rhywbeth.

"Ti'n iawn?" holodd Tony, fel pe na bai dim byd wedi newid. Atebodd Ffion ddim.

"O diar. Wedi pwdu? Lwcus bod 'da fi anrheg i ti 'de."

"Cer o 'ma, Tony!" meddai Ffion, gan deimlo fel anifail gwyllt yn cael ei phryfocio mewn caets. "Neu fe alwa i ar Phil."

"Paid â becso, dim rhyw hen ornament *tacky* gydag un fraich ar goll yw e. Pêl, wedi'i seinio gan Wayne Rooney, ac 'wy'n gwbod dy fod ti'n dipyn o ffan."

"Be ti'n neud, Tony? Noddi fy nhawelwch *i*, ie?"

"*Not just a pretty face!*" winciodd Tony gan chwerthin yn uchel ac yn gras. Doedd dim rhyfedd fod ei chwerthin wedi dychryn y ci hwnnw, meddyliodd Ffion.

Agorodd Phil ffenest y fan a gweiddi ar Ffion, "Tishe paned, bach?"

"Ie plis!" atebodd Tony'n hy.

"Cer di 'nôl at dy waith!" meddai Phil.

Gadawodd Tony'r bêl mewn bag ar lawr y fan i Ffion a dychwelodd at Alaw. Cododd Ffion y bêl, ei hastudio, a'i chadw'n ddiogel naill ochr. Fe roddai hi i Alaw er mwyn ei rhoi fel gwobr ar y rhaglen. Byddai hynny'n siŵr o ddenu gwrandawyr ac yn dangos i Tony na fyddai ei lwgrwobrwyon pathetig yn ei phrynu hi.

Congrinero

Wrth gamu ar fws rhif 12 i gyfeiriad canol y ddinas, teimlai Richie fel dyn cyffredin yn mynd o gwmpas ei bethau fel pawb arall ar y bws y diwrnod hwnnw. Pan fyddai'n teithio ar fysys, byddai wastad yn eistedd yn agos at y tu blaen, yn agos at y gyrrwr, gan mai yno byddai'n teimlo hapusaf. Dechreuodd yr arferiad yn yr ysgol uwchradd, nid am ei fod yn deithiwr sâl ond am y byddai bechgyn eraill yn fwy tebygol o adael llonydd iddo pan fyddai'n eistedd yno.

Roedd y bws yn gymharol wag, ac roedd digonedd o ddewis o lefydd i eistedd ond wedi talu'r gyrrwr, synnodd Richie ei hun a pharhau i gerdded heibio i'r seddau y byddai'n arfer eu dewis. Cerddodd heibio i ganol y bws gan gadw ei afael yn y bariau. Eisteddodd Richie ar y sedd gefn, yn y canol a chafodd wefr o weld yr eil yn ymestyn yn hir o'i flaen, fel ali fowlio. Oddi yno, gallai weld pawb oedd yn teithio a wyneb y gyrrwr yn y drych o'i flaen. Doedd e ddim yn siŵr a fyddai'n dewis eistedd yno y tro nesaf chwaith ond o fod wedi cael y profiad, gwyddai y gallai wneud eto pe bai'r awydd yn codi.

Roedd Richie'n mwynhau'r siwrne a chan mai cerdded i'w waith yr arferai wneud bob dydd, roedd yn brofiad dieithr. Fel arfer, byddai wedi teimlo'n anghyfforddus yng ngwmni'r meddwyn a'r dyn mawr caled oedd yn frith domen o datŵs a stydiau a ymunodd ag e yng ngwt y bws, ond heddiw, doedden nhw'n mennu dim arno. Dechreuodd astudio'r lluniau oedd ar hyd breichiau cyhyrog y dyn. Addawodd Richie iddo'i hun y byddai'n cael un rhyw ddydd, ac aeth cyn belled â chymryd cip yn ffenest y parlwr tatŵs wrth iddo ddisgwyl am y bws nesaf i'r ysbyty. Gobeithiai na fyddai'n gweld unrhyw un roedd e'n ei nabod yn y dref, achos doedd e heb ddweud wrth Catrin am ei fwriad i fynd i weld ei fam a byddai hi'n siŵr o'i ddwrdio am ddefnyddio trafnidiaeth gyhoeddus yn hytrach na gofyn am lifft.

Pan gyrhaeddodd Richie'r ward a gofyn am ei fam, fe'i hysbyswyd ei bod wedi cael ei symud i stafell ar ei phen ei hun. Roedd yn brofiad rhyfedd galw ei fam wrth ei henw, a'i weld mewn pin ffelt ar y bwrdd gwyn. 'Mam' fu hi erioed a phrin y gallai gofio'i dad yn galw 'Daphne' arni, chwaith.

Daeth o hyd i'r stafell briodol, ond gwelodd drwy'r cysgodlenni fod gan ei fam gwmni. Gwyliodd Richie Win yn cymryd gofal mawr wrth roi diod o ddŵr iddi ac yn cusanu ei thalcen cyn mynd 'nôl i ddarllen ei bapur, gan ddal i afael yn ei llaw a throi'r tudalennau â'i law arall. Ymhen hir a hwyr, sylwodd Win fod Richie y tu fas ac amneidiodd arno i ddod i mewn. Camodd Richie'n araf drwy'r adwy ac ildiodd Win ei sedd iddo yn syth.

"Edrych pwy sy 'ma, Daph? Ma Dici bach wedi dod i dy weld ti."

"Shwt mae hi?" holodd Richie'n surbwch.

Ysgydwodd Win ei ben mewn anobaith.

"Ers pryd ma hyn wedi bod yn mynd ymlaen?" holodd Richie.

"Sori?"

"Chi a mam?"

"Wedes i ddigon wrthi na ddylen ni fynd y tu ôl i dy gefn di."

"Pryd?"

"Anodd cofio... pan 'nes i roi'r gore i weithio yn y Clwb Bingo dw i'n meddwl. *On and off,* cofia," cyfaddefodd Win heb fawr o gywilydd o natur ysbeidiol y berthynas. "Fe wna i roi tamed bach o lonydd i chi'ch dou..." meddai cyn cipio'i bapur a diflannu.

Eisteddodd Richie ar y gadair blastig gynnes ac edrych ar ei fam. Roedd hi wedi colli mwy fyth o bwysau er pan welodd hi ddiwethaf ac roedd gwawr felen ar ei chroen. Edrychai'n syth i unlle ac roedd ei gên wedi disgyn nes bod ei cheg ar agor yn barhaus, fel pig cyw bach yn disgwyl am fwydyn. Cofiai'r tristwch a deimlai pan fu farw ei dad, ond doedd ddim yn teimlo unrhyw emosiwn wrth weld ei fam yn dioddef fel hyn.

"Fydda i ddim yn drist, chi'n gwbod, pan fyddwch chi wedi mynd. Chi wedi llwyddo i ddifetha 'mywyd i. Yr holl flynyddoedd o'ch chi'n mynnu 'mod i'n mynd â chi i bobman a'r holl flynyddoedd 'nes i aros yn y tŷ bob nos yn gwmni, ro'ch chi'n ddigon hapus yn potsian gyda Win bob bore tra 'mod i'n mynd i'r gwaith i ennill ein bara menyn. A beth am ei wraig e, druan? I feddwl bod wyneb 'da chi i atal fy mherthynas i a Catrin! Ro'dd 'da fi drueni drostoch chi, achos 'mod i'n meddwl eich bod chi'n unig, ond r'ych chi wedi cael mwy o gariad nag a ges i erioed.

"Bydde'n dda 'da fi 'sen i wedi gallu dweud wrthoch chi gyment o'n i'n eich casáu chi. Bydde'n dda 'da fi 'sen i wedi bod yn ddigon o ddyn i fynd â'ch gadel chi. Ond mae hi wedi dod i hyn. Dy'ch chi ddim yn mynd i ddifetha 'mywyd i rhagor. O'ch chi'n gwbod 'mod i wedi cwrdd â rhywun? Dave yw ei enw fe. Ie, dyn... ac mae e mor olygus. Ry'n ni'n siarad â'n gilydd bob dydd a byddwn ni'n cwympo mewn cariad. Mae tatŵs 'da fe, felly byddech chi bownd o fod yn ei gasáu e. Un fel 'na y'ch chi. Gweld bai ar bawb ond chi'ch hunan.

"Ma Catrin wedi bod yn dda i fi, chi'n gwbod. Mae'n fenyw neis ac mae bywyd yn braf ym Mhlas y Bryn. Yn eistedd yn y *conservatory* neu yn yr *hot tub*. Dyna'r bywyd! Falle af i ar fy holides cyn hir 'fyd."

Roedd ei fam yn dal i syllu i'r gwagle, heb gymryd unrhyw sylw o'r hyn a ddigwyddai o'i chwmpas, yn union fel yr oedd hi ar ei ymweliad diwethaf, meddyliodd.

"Sdim byd mwy i'w ddweud. 'Na i ddim dod i'ch gweld chi 'to. Bydd Win 'ma i gadw cwmni i chi, ta beth."

Cerddodd Richie allan o'r ysbyty, a dal y bws nesaf i'r dref, heb ddifaru o gwbwl am yr hyn ddwedodd e wrth ei fam. Roedd mam a merch yn dal yr un bws ag e a chymerodd y ferch ofal mawr wrth wrthio cadair olwyn ei mam i du blaen y bws. Eisteddodd Richie yng nghefn y bws unwaith eto, o'u ffordd. Wrth ddisgwyl am y bws nesaf i'w gludo yn ôl i Blas y Bryn, aeth i gael cip arall yn y siop datŵs. Roedd pob math o ddyluniadau mawr a mân yn cael eu harddangos yn y ffenest – yn ddreigiau, yn nadredd, yn flodau a phob math o ysgrifen mewn amrywiol arddulliau – ond dim byd oedd yn mynd â'i fryd. Aeth i mewn i'r siop a mynnodd gyngor gan y perchennog. Câi ei demtio i ddewis draig goch ond fe benderfynodd fod y rheiny'n rhy gyffredin a byddai peryg i ddraig ei atgoffa o'i fam. Yr unig enw y gallai ddychmygu ei gael oedd Dave, ond byddai dewis enw rhywun nad oedd wedi'i gyfarfod erioed yn beth hurt bost i'w wneud. Yn y diwedd, dewisodd siarc bach glas, danheddog a edrychai'n filain ond heb fod yn fygythiol, chwaith. Er ei fod yn casáu pysgod, roedd wedi cymryd at y siarc; gallai ei ddychmygu'n dinistrio pob penfras, macrell, samwn a thiwna afiach yr oedd y merched yn ei fywyd wedi'u bwydo iddo erioed.

Gan ei bod hi'n dawel yn y parlwr tatŵs y prynhawn hwnnw, ac mai dim ond llun bach oedd y siarc, rhoddodd Richie ganiatâd i'r tatŵydd fynd ati i greithio'i fraich yn syth, cyn iddo gael cyfle i ailfeddwl. Gorweddodd ar y bwrdd pwrpasol yn un o hen fests Rhys gan adael i'r llabwst fwrw at y gwaith. Roedd y boen yn anodd ei ddioddef, er bod ganddo dipyn o gnawd ond ysgyrnygodd fel y siarc ac ailadrodd yr enw Dave rhwng ei ddannedd. Fe guddiodd y tatŵydd y clwyf â wadin a gwisgodd Richie ei grys 'nôl amdano. Pan ddychwelodd Catrin o'i gwaith i Blas y Bryn, doedd hi ddim callach fod Richie wedi gadael y tŷ o gwbwl.

Ysbryd y nos

Safai Tony ac Alaw ar bafin yng Nghaerfyrddin yn astudio bwydlen bwyty Eidalaidd. Byddai hi wedi bod llawn cystal gan Alaw fod wedi picio i archfarchnad am frechdan sydyn neu nôl tamaid o McDonald's ar eu ffordd i Langeitho, a'i fwyta yn y car. Ond wnaeth hi ddim gweithio'n rhy galed i ddarbwyllo Tony fel arall, chwaith, gan ei bod hi'n ofni na fyddai'n caniatáu i neb fwyta yn ei gar dilychwin, beth bynnag. Roedd hi'n anodd credu iddo gludo unrhyw blentyn sticlyd, glafoerllyd ynddo erioed.

Roedd digonedd o ddewis ar y fwydlen, ond prin fod unrhyw beth yn dod o fewn y pymtheng punt o lwfans yr oedd Fat Cat wedi'i ganiatáu iddyn nhw i swper. Cymerodd Alaw gip drwy'r ffenest a gweld bod y lle wedi'i oleuo gan ganhwyllau ac mai cyplau oedd yno yn bennaf. Fe adawodd dau gariad ifanc y lle law yn llaw a dihangodd y gerddoriaeth ramantus allan i'r stryd i'w canlyn.

"Awn ni i mewn?" holodd Tony.

Doedd Alaw ddim yn teimlo'n gwbl gyfforddus yn mynd am bryd o fwyd gyda Tony i'r fath le, yn enwedig yn y dillad bob dydd yr oedd hi wedi'u gwisgo amdani, yn barod at fferm Ivoreena. Roedd Tony'n edrych yn ddigon trwsiadus, yn ôl ei arfer, ac wedi anwybyddu cyngor Alaw i wisgo'n gall.

"'Wy ddim wedi gwisgo..."

"Ti'n edrych yn lyfli..." mynnodd Tony gan dorri ar ei thraws a gafael yn ei braich a'i thynnu i mewn. Cafodd y ddau le i eistedd wrth fwrdd bach yn y cefn ac erbyn meddwl, roedd cael pryd iawn fel hyn yn fwy dymunol na llowcio rhywbeth diflas mewn maes parcio, meddyliodd Alaw.

"Ma stecen dda 'ma," meddai Tony a dewisodd yr un ddrutaf gyda saws garlleg. Pitsa *meat feast* gyda chyw iâr ychwanegol yn lle'r selsig oedd dewis Alaw gan osgoi ei ffefryn, y bara garlleg, gan eu bod nhw'n eistedd mor agos.

"'Wy'n edrych mlan at heno," meddai Tony.

"Welwn ni ddim byd, wedi mynd yn dw-lal mae'r fenyw druan ond mae'n rhaid i ni wneud sioe dda, yn enwedig ar ôl y tro diwetha."

"Y *sponsored silence*?" holodd Tony a gwên ar ei wyneb.

"Paid â chwerthin. Do'dd Fat Cat ddim yn hapus. Mae'n rhaid i bopeth fynd yn berffaith heno, iawn?"

"O dere mlan. O'dd e'n ddoniol. Mae angen i ti adael dy wallt lawr fwy," meddai gan dywallt mwy o win i'w gwydryn. Gwenodd Alaw. Roedd angen iddi hi beidio â bod mor galed arni hi ei hun. Dechreuodd chwerthin, yn nerfus i ddechrau ond yna trodd yn afreolus, yn union fel y chwarddodd ym mhriodas Rhian pan welodd glawr albwm Enfys. Rhochiodd yng nghanol ei chwerthin a throdd chwerthin Tony'n fwy aflafar nag erioed.

Erbyn iddyn nhw orffen eu bwyd a chyrraedd Pen Cnwc, roedd hi wedi naw o'r gloch. Diolch byth fod gan Tony dechnoleg llywio lloeren yn ei gerbyd a bod gan Alaw y côd post, achos roedd y fferm ar ryw fynydd ynghanol nunlle. Efallai bod y ddau yn gwneud partneriaeth dda, wedi'r cyfan. Doedd Tony ddim yn rhy hapus yn gyrru ei gar ar hyd y lôn anwastad, fwdlyd at y tŷ fferm, a'i barcio ar glos lle byddai pob math o anifeiliaid yn rhedeg yn rhydd. Fe basion nhw ddwy ddafad wedi hanner eu cneifio ar y lôn droellog ac roedd ieir a hwyaid ar hyd y lle ymhobman. Roedd y gwyngalch yn ddi-raen ac yn plicio oddi ar yr adeiladau ar y clos, fel cen gwallt, a doedd cyflwr y tŷ fawr gwell.

Cnociodd y ddau ar y drws ffrynt droeon heb gael unrhyw ymateb. Efallai ei bod hi allan yn y caeau neu yn y siediau. Cymerodd Alaw gip drwy'r ffenest ddi-lenni a gweld Ivoreena yn canu'r piano, a'i chi defaid yn udo wrth ei hymyl. Doedd dim rhyfedd nad oedd hi'n gallu clywed sŵn eu cnocio. Tapiodd y ffenest yn ysgafn, gan nad edrychai'r gwydr yn rhyw saff iawn o fewn y ffrâm, a neidiodd Ivoreena ynghanol bar a throi oddi wrth yr hen biano i weld beth oedd yno.

"Chi sy 'na! O'n i'n dechre becso fod yr hen jac do 'na 'nôl!" gwaeddodd Ivoreena ar Alaw drwy'r ffenest, cyn dod i ateb y drws. Er ei bod hi yn y tŷ, gwisgai welintons, trowsus nefi, crys a siwmper ysgol hynafol, oedd yn rhy dda i'w taflu, siaced gwisg blisg o'r wythdegau, sbectol mor drwchus â chanol Jaffa Cake a chap gwlân streipiog ar ei phen. Gallech weld mymryn o'i gwallt cwta, brith ar odre ei het ac roedd ganddi fochau cochion yn olion o hen gynefino â'r elfennau a bod allan ym mhob tywydd. Gan fod ganddi glamp o fol a bronnau ond coesau tenau, ymdebygai i robin goch.

"Dewch mewn!" gwahoddodd. Roedd arogl rhyfedd yn y tŷ – rhyw gymysgedd o surni a diheintydd. Wrth i'r ddau gamu dros y trothwy, dyma nhw'n neidio wrth glywed sŵn y gog yn canu'n uchel, wrth i'r cloc cwcw ddynodi ei bod hi'n chwarter wedi naw.

"Bois bach, mae sŵn 'da hwnna!" meddai Alaw.

"Ddylech chi glywed y sŵn mae e'n neud pan mae hi'n cyrraedd pen yr awr!"

"Falle dylen ni roi taw arno fe cyn bore fory."

"Jiw, bydde fe'n *nice touch*," meddai Tony.

"Un waith falle, ond ddim drwy'r blincin bore."

Esboniodd Alaw mai gorau po gyntaf y bydden nhw'n bwrw iddi i ddechrau recordio, er mwyn iddi hi a Tony gael mynd 'nôl i Lanbed. Roedd yn rhaid iddyn nhw gyrraedd y gwesty erbyn un ar ddeg o'r gloch y noson honno. Gwisgodd Ivoreena ei chot amdani ac estyn clamp o fflachlamp, ac estynnodd Alaw yr offer recordio o'r car cyn mynd i'r garafán ar waelod y clos lle bydden nhw'n cadw golwg ar unrhyw ysbrydion. Doedd y garafán yn fawr o beth i gyd a neidiodd Ivoreena lan y gris uchel i'w chrombil fel pe bai'n groten ysgol. Chafodd Tony ddim trafferth chwaith ond bu'n rhaid iddo roi help llaw i Alaw. Aeth Ivoreena ati i gynnau'r canhwyllau a osodwyd blith draphlith ar hyd y lle ac roedd hynny'n beryg bywyd gan fod y garafán gyfan yn ysgwyd fel cwt buwch. Os oedd arogl drwg yn nhŷ Ivoreena, doedd yr arogl yn ddim o'i gymharu â'r drewdod stêl oedd yn ei charafán a fyddai, yn ôl pob tebyg, yn gartref iddi hi a'r ast dros wythnos y Sioe Frenhinol yn Llanelwedd. Wrth reswm, doedd dim toiled yn y garafán ond cafodd Tony ac Alaw ganiatâd Ivoreena i ddefnyddio'r domen, petai galwad natur yn galw.

Roedd hi wedi troi deg o'r gloch ac roedden nhw'n dal i recordio er nad oedd unrhyw sôn am ymweliad o'r ochr draw. Blinodd Tony ar graffu drwy'r ffenest frwnt, a rhyfeddai y gallai unrhyw un fyw mewn lle ac amgylchiadau mor gyntefig. Bu'n rhaid i Alaw dreulio'i hamser yn gwrando ar Ivoreena yn adrodd straeon am bobol y pentref. Disgrifiodd yr hanes pan wnaeth un o'r ysbrydion ei thywys hi a'r ast i'r nefoedd, fel pe na bai hynny'n fwy na thrip Ysgol Sul. Roedd Alaw yn ei helfen yn holi Ivoreena ac yn gwneud ei gorau glas i gael deunydd gwerth chweil er mwyn plesio Catrin. Aeth ati i recordio'r sgyrsiau dro ar ôl tro, mewn ymgais i gael popeth yn berffaith.

"Ry'n ni ar hyn o bryd yn eistedd mewn carafán gydag Ivoreena, yn aros am ymweliad ac a dweud y gwir, ma tamed bach o ofan arna i. Beth amdanat ti, Tony?"

"Ofn. Jiw jiw, nagos! Odi, mae'n dywyll 'ma, ac mae'n drewi ond sdim ofn dim byd arna i."

"Sdim angen i chi fod ag ofan. Dim gelynion yw'r bobol 'ma, ond cyfeillion. Cymerwch fwy o hwn..." meddai Ivoreena gan dywallt mwy o'r *sloe gin* yr oedd hi wedi'i estyn o gwpwrdd y garafán i'r hen botiau jam a ddefnyddiai fel gwydrau.

"Diolch. Mae Ivoreena wedi gwneud tamed bach o win cartref i'n cynhesu ni ar y noson serog, oer yma, ac mae e'n ofnadwy o flasus. Mae 'na dipyn o gic ynddo fe hefyd. Falle gallwn ni gael y rysáit dros frecwast bore fory?"

"Fyddwch chi ddim yn gallu codi i gael brecwast ar ôl 'i yfed e, os y'ch chi rywbeth yn debyg i Dei."

Stopiodd Alaw'r peiriant recordio. Unwaith eto, roedd Ivoreena wedi difetha sgwrs dda wrth grybwyll un o'i ffrindiau, na fyddai'n golygu dim i'r gwrandawyr. Bu recordio'r sgyrsiau hyn yn llafurus. Pan fyddai rhywun yn gwneud smonach o bethau ar yr awyr, a Tony fyddai hwnnw gan amlaf, doedd dim troi 'nôl. Roedd ganddi ryw hanner awr o sgyrsiau wedi'u recordio a byddai angen iddi olygu popeth yn fanwl cyn y rhaglen y bore wedyn. Roedd y tri'n parhau i edrych yn obeithiol drwy'r ffenestri di-lenni am unrhyw fath o gynnwrf.

"Pryd welsoch chi'r ysbrydion ddiwetha?" holodd Alaw.

"Duw, gadewch i fi feddwl. Pryd o'dd hi? Y noson wedi i John Tŷ Canol alw heibio gyda'r madarch. Un da yw John. Mae e'n cofio amdana i ac yn galw heibio'n amal – byth yn dod yn waglaw – ac yn barod ei gymwynas. Mae e'n cael ffa o'r ardd 'da fi unwaith y flwyddyn."

Edrychodd Tony ar ei oriawr.

"*Call it a day* weden i," meddai Tony.

"Falle nad y'n nhw'n lico'ch peth recordio chi. Falle ei fod e'n eu gwneud nhw'n nerfus. Rhowch e yn y car," gorchmynnodd Ivoreena.

"Ond fyddwn ni ddim yn gallu cofnodi'r foment fawr wedyn. Mae hi'n mynd braidd yn hwyr, ac mae bore cynnar gyda ni o'n blaenau. Bydd rhaid i fi godi am bump."

"Finne hefyd lodes, i odro, bob dydd o'r flwyddyn, haf a gaeaf," atebodd Ivoreena'n swta.

Dechreuodd Alaw dynnu'r peiriant yn rhydd a'i bacio yn y bag. Cymerodd gip ar ei horiawr a difarodd nad oedd hi wedi gwneud hynny'n gynharach.

"Mae hi wedi troi hanner awr wedi deg! Byddwn ni'n hwyr yn cyrraedd y gwesty! Rhaid i ni fod yno cyn un ar ddeg."

"Ble y'ch chi'n aros?"

"Llanbed," atebodd Tony'n anobeithiol.

"Fyddwch chi byth 'na cyn un ar ddeg!" meddai Ivoreena.

Y gwir amdani oedd fod Ivoreena yn amseru pob taith yn ôl faint o amser y byddai hi'n ei gymryd yn ei char bach tair olwyn ond byddai Tony wedi gallu gwibio yno yn ei gerbyd cyflym. Doedd Alaw ddim yn adnabod yr ardal yn ddigon da i ddadlau.

"Bydd yn *rhaid* i ni fod yno, rywfodd neu'i gilydd," meddai Alaw.

"Fel dwedes i, mae croeso i chi gysgu fan hyn."

Edrychodd Alaw o'i chwmpas. Dim ond un gwely oedd yno a doedd hwnnw ddim yn edrych yn arbennig o lân. Gallai weld gwe pry cop yng nghhornel bella'r garafán a dechreuodd ddychmygu llwyth o gorynnod yn crwydro'r garafán ac yn llechu ym mhob twll a chornel.

"Diolch i chi am gynnig, ond dw i'n siŵr y down ni o hyd i rywle."

"Dyna ddwedodd Mair a Joseff 'fyd," meddai Ivoreena.

"Dim ond cwpwl o orie fyddwn ni 'ma i gyd," meddai Tony. "Erbyn i ni ddod o hyd i rywle call, bydd hi wedi mynd yn hwyrach fyth."

"Ie, ond dim ond un gwely sy 'ma!" sibrydodd Alaw yn lletchwith wrth Tony.

"'Na ble chi'n rong!" meddai Ivoreena gan blygu i estyn rhywbeth oddi tan y gwely. "Dyma be fydda i'n ei wneud pan fydd John angen aros gyda fi yn y Sioe." Tynnodd allan becynnau o ddau ddeg pedwar tun o fwyd ci rhad a'u gosod ar hyd y gwely i greu rhyw fath o wahanfur. Roedd hi'n amlwg wedi gwneud hyn o'r blaen gan fod pump o'r pecynnau yn ffitio'n union o dop y gwely i'r gwaelod.

"Mae'n rhaid i fi fynd â'r rhain i'r Sioe i Fflei ac maen nhw'n dod yn handi wedyn i'w defnyddio fel hyn. Mae John a fi'n ddigon hapus, ac mae'r ast yn hapus ar y llawr, gyda mymryn o wellt oddi tani."

"Faint o'r gloch fyddwch chi'n dod i'r tŷ bore fory?" holodd Ivoreena wrth gamu i'r gwyll.

"Tua chwech," atebodd Tony gan fod Alaw'n rhy brysur yn astudio'r llety.

"'Na fe 'de," atebodd, gan ddiflannu heb ffarwelio.

"Diolch byth ei bod hi wedi mynd!" meddai Tony wrth wylio ei chefn lliwgar yn loncian tua'r tŷ yng ngolau'r lleuad.

"Fe gysga i yn y car," meddai Alaw gan godi o'r gwely'n sydyn.

"Paid â bod yn ddwl, mae digon o le i ni'n dou fan hyn. Dere mlan, gwaith yw e ac mae'r ddau ohonon ni'n ddigon proffesiynol."

"Gyda dros gant o duniau bwyd cŵn rhyngon ni?!"

"Mae angen i ti ymlacio fwy," chwarddodd Tony gan edrych ar y gwahanfur. Pe bai Catrin ond yn sylweddoli'r aberth roedd hi a Tony'n ei wneud er mwyn y rhaglen, meddyliodd Alaw. Edrychai'r tuniau fel brics. Dechreuodd Tony eu dymchwel gan roi'r cyfan 'nôl o dan y gwely.

"Mae'r holl ganhwyllau 'ma'n fy ngwneud i'n nerfus. Ti 'di darllen *Tân ar y Comin?*" holodd Alaw wrth eistedd ar y gwely.

"Naddo."

"Welest ti'r ffilm?"

"Cyfieithiad o beth yw e?"

"O, sdim ots!"

Ystyriodd Alaw p'un a ddylai hi fynd i nôl ei dillad nos o'r car, ond penderfynodd na fydden nhw'n ddigon cynnes. Fyddai nunlle iddi newid chwaith ac i goroni'r cyfan, roedd lluniau bach o eirth arnyn nhw ac roedden nhw wedi'u gwneud o fflaneléd. Tynnodd ei lensys o'i llygaid gan ddefnyddio'r drych bach yn ei bag llaw a sleifiodd o dan y cynfasau yn ei dillad, gan orwedd mor agos ag y gallai i'r ffenest, â'i chefn at Tony. Wrth iddi osod larwm ar ei ffôn, diffoddodd Tony y gannwyll olaf ac fe'i teimlodd yn dringo i'r gwely y tu ôl iddi. Er na welodd Alaw Tony'n tynnu ei ddillad na'i glywed yn gwneud hynny, gallai daeru nad oedd yn gwisgo dim ond ei drôns. Byddai hon yn stori a hanner i'w hadrodd wrth Delun, meddyliodd.

Gorweddai Alaw'n llonydd fel procer. Roedd drafft yn dod o'r ffenest ac roedd hi'n dechrau poeni bod yr awydd i fynd i'r tŷ bach yn codi drosti. Byddai'n gorfod dringo dros Tony yn y tywyllwch dudew er mwyn mynd tuag at y domen, heb bapur. Cofiodd wedyn nad oedd hi wedi dod â'i sbectol o'r car chwaith, felly byddai'n rhaid iddi hi wneud y daith yn hanner dall hefyd. Difarodd nad oedd hi wedi yfed mwy o'r *sloe gin*, er mwyn i gwsg ei gorchfygu yn gynt. Y peth nesaf glywodd hi oedd sŵn snwffio truenus a dannedd yn rhincian yn dod o'r tu ôl iddi. Anwybyddodd y sŵn am dipyn, er ei fod yn mynd o dan ei chroen ond yna, dechreuodd yr wylo.

"Ti'n iawn?" holodd Alaw, yn y gobaith y byddai'n tewi'n reit handi er mwyn iddi hi gael rhywfaint o gwsg.

"Odw," atebodd Tony ond gwaethygu wnaeth yr wylo.

"Be sy'n bod?" holodd Alaw, gan droi i'w wynebu'n ddiamynedd. Doedd ryfedd fod ei ddannedd yn rhincian ac yntau'n gwisgo ei ddillad isaf yn unig.

"'Wy'n dda i ddim, Alaw," meddai a'i lygaid glas, dagreuol yn pefrio arni. "Fe fwrodd hynny fi, ti'n gwbod, pan weles i'r llyfr sticeri 'na ar werth am hanner can ceiniog yn y *car boot*. Dw i werth dim. Mae 'ngyrfa i ar ben." Teimlai Alaw fod ei sylw braidd yn sarhaus o ystyried mai cael cyflwyno rhaglen radio yn ystod oriau brig Pawb FM oedd pinacl ei gyrfa hi, ond mae rhywbeth mor anghynnes am wylio dyn yn ei oed a'i amser yn crio. Daeth sŵn dafad yn brefu o'r tu fas, a gwaethygodd ei grio.

"Dyna'r sŵn..." meddai Tony.

"Pa sŵn?"

"... y sŵn fyddai ffans Spurs yn ei wneud pan o'n i'n chwarae."

"Pam?"

"Do'n nhw ddim yn lico fi. 'Wy'n dal i glywed y sŵn yn 'y nghwsg. Sdim syniad 'da ti sut deimlad yw e i siomi pawb. Teulu, ffrindie. Pan ddechreuodd Rachel fynd mas 'da fi, ro'n ni'n byw yn Llundain, yn gweithio'n galed ond yn chwarae'n galed hefyd. O'n i'n meddwl ei bod hi'n falch i gael mynd i'r holl *dinners* a'r partïon ar fy mraich i ac yn cael ei llun yn y papur, ond cyn gynted â daeth fy ngyrfa ar y cae i ben, fe gollodd hi ddiddordeb. Ac mae e wedi gwneud i fi sylweddoli…" Oedodd.

"Sylweddoli beth?" holodd Alaw.

"… doedd hi erioed yn caru fi. Yr enwogrwydd a'r bywyd *glam* roedd hi'n caru. Dim fi. Nath hi iwso fi."

Cynyddodd sŵn y crio ac, yn reddfol, gafaelodd Alaw amdano mewn ymgais i'w gysuro.

"Sneb erioed wedi caru fi. Weithie, 'wy'n teimlo nad oes neb yn fy hoffi i hyd yn oed."

"Beth am y bechgyn?" dechreuodd Alaw, gan lacio'i gafael.

Tynnodd Tony hi'n nes ato a gafael ynddi hi'n dynn. Dechreuodd Alaw ei gusanu a chrwydrodd dwylo Tony o dan ei dillad trwchus gan fwytho'i chorff siapus. Roedd ei chroen yn gynnes braf yn erbyn ei ddwylo a oedd fel dau haearn smwddio oer. Wnaeth e ddim tynnu mwy o'i dillad hi nag oedd rhaid wrth iddyn nhw gusanu, byseddu a sugno. Estynnodd am ei grys-t a'i siwmper o'r llawr a'u gwisgo amdano, gan ei bod hi mor drybeilig o oer.

Dringodd Tony ar ben Alaw, ei ben-ôl gwyn fel lleuad llawn – roedd hi'n amlwg nad oedd yn mynd ar y gwely haul yn noeth. Gwingai Alaw oddi tano wrth iddi brofi gwefrau pleserus nad oedd hi wedi teimlo'u tebyg erioed o'r blaen.

Wrth i'r ddau gael eu gwynt atynt, dyma nhw'n clywed sŵn traed mewn welintons yn taranu tuag at y garafán ar frys.

"Maen nhw wedi dod! Glywes i'u sŵn nhw wrth i fi fynd i weld y fuwch glaf!"

Neidiodd Tony allan o'r gwely a gwisgo'i jîns, heb ei drôns. Diolchodd Alaw nad oedd ganddi hi lawer o waith i wneud ei hun yn weddus. Dechreuodd Ivoreena waldio'r drws fel dynes o'i cho' ac agorodd yr handlen wrth i Tony stryffaglu i gau ei sip.

"Dewch, mae rhywun 'ma!" bloeddiodd drachefn cyn dechrau rhedeg o gwmpas y clos i bob twll a chornel. Dechreuodd Tony ac Alaw ymbalfalu am eu hesgidiau.

"Ble y'ch chi, gwedwch? Ma 'na bobol sbeshal o'r weirles wedi dod o bell i 'ngweld i, wel, ddim mor bell â chi wrth gwrs. Dewch i ddweud helô wrthyn nhw. Maen nhw'n ffrindie i chi. Sdim angen bod ofan." Dechreuodd ei chamau arafu wrth iddi anobeithio.

"Ble y'ch chi wedi mynd nawr 'to? Fe glywes i'ch sŵn chi wedi'ch cyffroi'n lân ac fe weles i gysgod gwyn yn neidio lan a lawr! Helô?"

"Y'ch chi'n gallu gweld rhywbeth?" holodd Alaw gan ffugio'i brwdfrydedd.

"Na, sdim golwg ohonyn nhw. Ewch 'nôl i gysgu. Maen nhw wedi mynd, mae'n rhaid."

Cerddodd Ivoreena 'nôl i'r tŷ fferm yn siomedig a dychwelodd Tony ac Alaw i'r garafán i garu unwaith eto. – gyda llai o riddfan y tro hwn a chyda phen-ôl Tony o'r golwg o dan yr hen flancedi pigog, rhag ofn i Ivoreena gredu fod yr ysbrydion yn ôl.

Dau lo a menyw o'i cho

"Helô, a dyma *Bore da, Tony ac Alaw* yn fyw o Langeitho!"

Byddai Alaw wedi hoffi rhywfaint o floeddio a chymeradwyaeth gan griw o gymdogion oedd wedi dod draw i'r fferm i frecwasta. Byddai wedi hoffi sŵn tegell yn berwi, bacwn yn ffrwtian, tost yn popio a llestri a chyllyll a ffyrc yn taro'n erbyn ei gilydd yn y cefndir. Roedd hi wedi dychmygu y byddai criw o bobol yn mân sgwrsio ac yn chwerthin ac y byddai'n rhaid iddi hi godi'i llais er mwyn cystadlu â'u sŵn.

Ond y gwir amdani oedd mai dim ond hi, Tony, Ivoreena a'r ast oedd yno ac roedd honno'n ddistaw am unwaith, yn gysglyd yn y gornel. Roedden nhw eisoes wedi cael eu brecwast o Weetabix rhad, tamp, a llaeth o'r tanc a oedd bron fel hufen. Roedd Ivoreena yn prynu'r grawnfwyd, fel y bwyd ci, gan gyfanwerthwr, ac er ei bod hi'n bwyta pump bob bore, doedd hi ddim yn gallu'i fwyta'n ddigon sydyn, cyn iddyn nhw fynd yn stêl. Roedd un cwpwrdd o'i phantri'n orlawn o fisgedi gwenith wedi'u pentyrru'n uchel fel byrnau gwair mewn sied. Gorweddai bisgedi Alaw a Tony yn soeglyd yn eu powlenni, a siwgr brown fel haenen o dywod gwlyb drostynt. Byddai Rice Krispies wedi bod yn well. O leiaf byddai sŵn eu snapio, craclio a phopio wedi ychwanegu rhywfaint at y naws.

Roedd Ivoreena wedi gwneud pentwr o dost hefyd, chwarae teg iddi, ond pan ofynnodd Alaw am fenyn, bu'n rhaid i Ivoreena fynd i nôl y twb marjarîn o'r car. Roedd e yno ers iddi hi fynd â'r ast at y ci y diwrnod cynt, felly setlodd Alaw am jam yn unig.

Wrth i'r rhaglen ddarlledu'n fyw o Langeitho, roedd Ffion yn y stiwdio yng Nghaerdydd yn gofalu am y ddesg reoli. Roedd hi'n cymeradwyo ac yn bloeddio ac yn porthi nerth ei phen, er na fyddai neb yn ei chlywed, ond pan glywodd pa mor ddistaw a digynnwrf oedd hi ar y fferm, llwythodd rhagor o ganeuon ar y thema Calan Gaeaf i'r cyfrifiadur, gan gymryd y byddai tipyn o waith llenwi i'w wneud cyn cyrraedd un ar ddeg o'r gloch.

"Heno fydd noson fwya dychrynllyd y flwyddyn a hithau'n Noson Calan Gaeaf, felly ry'n ni wedi dod i weld dynes arbennig sydd wedi cael profiadau digon anarferol. Mae Tony Mahoney hefyd wedi mentro gyda ni i'r gorllewin gwyllt. Gwed helô wrth y genedl, Tony!"

"Helô, bawb – ni'n cael amser lysh fan hyn, allan o'r stiwdio!"

"Ond beth am i ni fynd at ein cân gyntaf ni am heddiw, dyma 'Ofn' gan Mistar Perffaith a'r Dynion Drwg."

Taniodd Ffion y trac yn y stiwdio a chaeodd Alaw ei meic.

"Pryd fyddwch chi fy angen i, achos dw i angen mynd 'nôl i'r parlwr godro i orffen pethe?" holodd Ivoreena. Roedd hi wedi codi'n arbennig o gynnar y bore hwnnw, yn y gobaith y gallai hi orffen godro cyn saith, ond doedd hi ddim wedi gallu dod i ben. Gan mai ffermwyr oedd y rhan fwyaf o ffrindiau Ivoreena, roedd llawer ohonyn nhw wedi methu dod draw am frecwast gan fod y rhaglen yn cael ei darlledu yn ystod amser tyngedfennol y godro. Roedd nifer o'r lleill wedi dweud y bydden nhw'n gallu dod pe bai hi'n ddiwrnod gwlyb. Ond wrth gwrs, roedd hi'n fore sych a braf, a'r glaw yn ogystal â'r holl ymwelwyr wedi cadw draw. Roedd hyn yn gwbl wrthun i Alaw oherwydd roedd cynlluniau'n gorfod cael eu newid er budd y rhaglen fel arfer.

"Fe gyflwynwn ni chi yn ystod y linc nesa ac wedyn byddwch chi'n rhydd i fynd i gwpla'r gwaith," atebodd Alaw. Roedd Tony'n eistedd wrth fwrdd y gegin â'i ben yn drwm, ar fin disgyn i'r gobenyddion o wenith yn y fowlen o'i flaen, wedi'i noson brysur. Roedd tipyn o olwg arno rhwng y diffyg cwsg a'r ffaith na allodd ymbincio yn ôl ei arfer y bore hwnnw ac roedd y *sloe gin* wedi ypsetio'i stumog wan.

"Oes rhywun wedi cyrraedd erbyn hyn?" holodd Ffion oddi ar yr awyr yng nghlustffonau Alaw. Crwydrodd Alaw i stafell arall er mwyn cael siarad yn breifat â Ffion .

"Fel y bedd o hyd. Sa i'n gwbod shwt 'wy'n mynd i gadw i fynd tan un ar ddeg. Unwaith y bydd Ivoreena wedi dweud yr hanes am yr ysbrydion yn ei chipio hi a'r ast, fydd dim mwy i'w ddweud."

"Gest ti ddeunydd neithiwr?"

"Pum munud ar y mwya."

"Shwt ma fe, Tony?"

"Mwy o rwystyr na dim arall."

"O'dd y gwesty at ei ddant e?"

"Dim gymaint o sêr ag y mae e'n gyfarwydd â nhw."

"Dychmyga tasech chi wedi gorfod aros yn y garafán,

fel o'dd hi 'di awgrymu! Fydden ni ddim wedi clywed ei diwedd hi!"

"Ych a fi, mae rhannu stiwdio 'da fe'n ddigon drwg! Faint sydd i fynd cyn diwedd y gân?"

"Mymryn o dan ddwy funud."

Dychwelodd Alaw at Ivoreena a Tony wrth y bwrdd bwyd.

"Shwt o'dd y gwely i chi neithiwr?" holodd Ivoreena wrth ddechrau clirio'r llestri.

"Iawn, diolch yn fawr," atebodd Alaw gan wenu'n gellweirus ar Tony pan drodd Ivoreena ei chefn.

"Beth amdanoch chi, Tony?"

"O'n i mor feddw neithiwr, bydden i wedi cysgu ar y domen." Gwenodd Alaw i guddio'i siom.

"'Wy'n credu mod i wedi dal rhywbeth yn yr oerfel a gweud y gwir. Odi 'nhonsils i'n goch?" Agorodd ei geg led y pen ac amneidio ar Alaw i gael golwg. Aeth hi i graffu gan droi ei ben at y ffenest i gael rhywfaint o oleuni ar y mater.

"Sdim byd i'w weld, ond mae hi braidd yn dywyll..."

"Ych a fi!" ebychodd Tony. "Mae dy anadl di'n drewi'n fel anadl ci." O, roedd ganddo wyneb a fynte wedi bod yn tuchan a'i hen wynt garlleg uwch ei phen oriau'n ôl, meddyliodd Alaw, ond ddywedodd hi ddim byd. Roedd ganddi bedair awr o raglen i'w cynnal a chath dew i'w phlesio.

Fe weithiodd Alaw fel lladd nadroedd yn ystod yr awr gyntaf tra bod Ivoreena allan gyda'r gwartheg godro. Fe ddaeth hi i ddeall bod Co-op cyfagos yn agor am hanner awr wedi wyth a châi ei themtio i ddarlledu ail hanner y rhaglen oddi yno ymysg y ffermwyr lleol. Pe bai Tony'n fwy tebol ac wedi talu sylw yn ystod ei hyfforddiant, byddai bywyd gymaint haws ac fe allen nhw wahanu, a darlledu o'r ddau leoliad.

Roedd Tony wedi bod yn crwydro o gwmpas y ffermdy anniben, fel plentyn bach, yn gwbl ddigywilydd ac wedi dod o hyd i hen bêl-droed fflat yn y cwtsh dan staer, a phan gynigiodd roi gwers bêl-droed i Alaw yn fyw ar yr awyr, doedd hi ddim mewn sefyllfa i wrthod, gan ei bod hi'n hesb o syniadau. O leiaf roedd yn weithgaredd amhosib i'w wneud yn y stiwdio, a bosib iawn mai dyma'r unig gyfle a gâi hi i wneud hyn, gan na fyddai Catrin ar frys i'w hanfon nhw ar leoliad eto.

Cariodd Tony ddau focs anferth o bowdwr golchi o dan ei geseiliau allan i'r ardd, i'w defnyddio fel dau bostyn gôl ac aeth ati i ddysgu Alaw sut i daclo, amddiffyn a sgorio. Eisteddai Ffion yn y stiwdio yn gwrando ar y wers, a gallai synhwyro fod rhywbeth yn wahanol ym mherthynas y ddau. Doedd dim angen gofyn beth oedd wedi digwydd, roedd hi'n eu hadnabod nhw'n ddigon da erbyn hyn. Ciciodd ei hun am beidio â magu digon o blwc i rybuddio Alaw shwt fochyn brwnt oedd Tony. Roedd Tony wrthi'n ceisio sgorio ac Alaw yn amddiffyn y gôl, ill dau â meicroffon yr un yn eu dwylo pan glywon nhw floedd o ben draw'r clos.

"Dewch glou, mae'r llo'n dod!" Cydiodd y ddau yn yr offer recordio a rhedeg am y beudy bach at Ivoreena a oedd yn amlwg wedi'i chyffroi'n lân ac yn chwifio'i breichiau fel melin wynt.

Ar yr eiliad dyngedfennol honno, canodd y ffôn yn y

stiwdio. Atebodd Ffion yn ddiamynedd braidd, gan fod yr amseru mor anffodus. Y gwesty yn Llanbed oedd yno, yn dweud y bydden nhw'n codi'r pris llawn ar gyfrif Pawb FM, er na ddefnyddiwyd yr ystafelloedd y noson cynt. Dywedodd Ffion wrthyn nhw am wneud hynny a tharodd y ffôn yn ôl yn glep yn ei grud. Roedd pethau'n dechrau cyffroi.

"Ry'n ni nawr yn rhedeg ar draws y clos i weld beth yw'r cynnwrf yn y sied," meddai Alaw, allan o wynt.

"Buwch yn dod â llo. Waw, ma hwn yn mynd i fod yn gyffrous iawn. Sgwn i ble mae Mr Tarw?" holodd Tony, wrth i Alaw gael ei gwynt ati.

"Fydd Mr Tarw ddim moyn gwybod, alli di fentro! Ti'n un da gyda gwaed a phethe, Tony?"

"O odw, dim problem!"

"Reit, ry'n ni wedi cyrraedd y sied fach dywyll 'ma a nefi wen, mae braich Ivoreena ym mol y fuwch."

"Dere di, Shanw fach," cysurodd Ivoreena o ganol y stecs.

Brefodd y fuwch yn ei thrallod, fel pe bai hi wedi clywed ei henw. O'r diwedd, roedd ganddyn nhw ychydig o awyrgylch. O'r eiliad honno, wnaeth y ffôn ddim stopio canu yn y stiwdio drwy'r bore, a bu'n rhaid i Ffion alw am help llaw i ateb yr holl alwadau.

"Beth y'ch chi'n ei deimlo?" holodd Tony, er nad oedd eisiau gwybod mewn gwirionedd. Roedd yr holl beth yn troi arno.

"Wel, mae'r llo'n fyw – ond mae e'n dod o chwith. 'Wy'n gallu teimlo ei gynffon e fan hyn nawr."

"Beth mae hynny'n 'i feddwl?" holodd Tony.

"Wel, dyw e ddim yn newyddion da."

"Pam?"

"Wel, y pen sydd fod i ddod yn gynta."

"O ie, dyna shwt da'th Orlando, Milan a Barri."

"Mae hynny'n ei gwneud hi'n gyment mwy anodd i'w gael e mas yn fyw. Bydd rhaid i fi gael help i'w dynnu fe. Reit, bydd angen rhaff arna i. Nawr te, ble yn y byd 'nes i'i rhoi hi?"

"Roedd rhaff yn y cwtsh dan staer," meddai Tony.

"Ie, honno sy'i hangen. Rhed i'r tŷ i'w nôl hi," gorchmynnodd Ivoreena.

"Lwcus bod Tony yn un mor fusneslyd, ac yn gallu symud yn sydyn. Odych chi wedi gweld hyn yn digwydd o'r blaen?" holodd Alaw cyn stwffio'r meic o dan drwyn Ivoreena, yn beryglus o agos at ben-ôl y fuwch.

"Do, dw i wedi colli sawl llo sy'n dod o chwith."

Tynnodd Ivoreena draed ôl y llo i'r golwg, un ar y tro. Pan ddychwelodd Tony â'r rhaff, aeth Ivoreena i'w chlymu am y traed gyda chwlwm rhedeg.

"Reit, mae Tony a fi am gamu 'nôl a gadael i Ivoreena glymu'r rhaff am y traed a dechrau tynnu. Mae Ivoreena wedi dechrau tynnu…" Roedd Alaw yn sibrwd, fel pe bai hi'n darlledu o gefn llwyfan Eisteddfod yr Urdd.

"Odych chi'n cael unrhyw lwc?" holodd Alaw er budd y gwrandawyr gan y gallai weld yn iawn nad oedd dim yn symud.

"Tony, dere i helpu, wir! Gafael yn y rhaff," meddai Ivoreena allan o wynt. Roedd y fuwch yn dioddef yn dawel, chwarae teg. Yn sydyn, roedd Tony wrth ei fodd gan ei fod yn cael cyfle i ddangos ei gryfder.

"Tony Mahoney on the pull!" mentrodd Alaw. Cyn hir roedd yntau'n chwysu fel Ivoreena druan.

"Mae'r ddau'n tynnu eu gorau glas, ond heb gael fawr o lwc. Dw i'n mynd i stwffio'r meicroffon lawr fy nhop i nawr – dim jôcs, plis – ac yn mynd i'w helpu nhw, yn y gobaith y byddwch chi'n dal i allu nghlywed i... Reit erbyn hyn, dw inne'n tynnu hefyd. O diar, dyw e ddim yn symud – falle dylen ni fod wedi cael Shredded Wheat i frecwast yn lle Weetabix," meddai Alaw.

Roedd wyneb Tony'n goch fel betys ac edrychai fel pe bai wedi bod yn y gampfa ers oriau. Safai'r fuwch â'i chynffon yn uchel, ei chefn yn crymanu ac roedd hi'n symud ei phwysau o'r naill goes ôl i'r llall. Yna'n sydyn, dyma hi'n disgyn ac yn troi i orwedd ar ei hochr. Aeth Ivoreena i lawr ar ei phengliniau i dynnu, a gwnaeth Alaw a Tony yr un peth.

"Mae angen mwy o fôn braich arnon ni," cyhoeddodd Ivoreena, gan ollwng y rhaff yn ddisymwth.

"Bydd yn rhaid i ni chwilio am help," meddai Alaw gan dynnu'r meic o'i mynwes. Roedd Tony'n dal i dynnu ar ei ben ei hun. "Os oes unrhyw un yn gwrando yn ardal Llangeitho, ry'n ni angen eich help chi ar fferm Ivoreena – Pen Cnwc – y troad cyntaf ar y chwith ar ôl y bont gas."

Clywodd Alaw sŵn cerbyd yn dod i'r clos ar frys, ac aeth hi ac Ivoreena i weld pwy oedd yno.

"Ar y gair. Mae rhywun wedi cyrraedd yma'n barod. Yn aruthrol o sydyn."

"Falle mai'r ysbrydion sydd yma, o'r diwedd," cynigiodd Ivoreena.

"Na, dim ysbryd, ond Daihatsu sgleiniog. Pwy sy 'na,

tybed? Dyn yn gwisgo welintons glân, ond fyddan nhw ddim yn lân am sbel, achos mae'n anelu'n syth am y fuwch. Ac mae ganddo fe declyn rhyfedd yn ei law," disgrifiodd Alaw.

Wnaeth Ivoreena ddim adnabod pwy oedd yno tan ei fod o dan ei thrwyn hi ac fe waeddodd, "Haleliwia! Davies y fet, beth yn y byd mowr y'ch chi'n neud 'ma?"

"Ro'n i'n mynd i brofi'r da drws nesa am y diciâu ond roedd y radio mlan 'da fi yn y car, a glywes i'ch bod chi'n cael trafferth."

Gwisgodd Davies ei fenig plastig, hir a datod rhaff Ivoreena oddi ar draed y llo a chlymu ei raffau byrion ei hun amdanynt. Rhoddodd y rhaffau hyn yn sownd i'w declyn tynnu lloi a dechrau tynnu'r handlen 'nôl ac ymlaen. Dim ond un person oedd ei angen i wneud y gwaith gyda help y teclyn a fu'r llo ddim yn hir cyn cael ei eni.

"Mae'r llo bellach ar y llawr ac mae'r milfeddyg yn mynd ati i lanhau'i geg e." Gwelodd Ivoreena nad oedd golwg rhy iach ar Tony a'i fod yn gorfod edrych bant.

"Cer i nôl dŵr oer," gorchmynnodd Ivoreena gan basio bwced i Tony. Roedd e'n falch o gael esgus i ddianc.

"Un gwryw yw e. Belgian Blue cryf, pert," meddai'r milfeddyg.

"Bydd yn rhaid i ni gael enw nawr," meddai Ivoreena.

"Beth am i ni ofyn i'r gwrandawyr am awgrymiade?" cynigiodd Alaw.

"Pam lai?" atebodd Ivoreena.

"Wel, dw i'n un o'r gwrandawyr, felly ga i gynnig Tony Mahoney?" holodd Davies.

Daeth Tony yn ei ôl gyda'r dŵr ac fe daflodd Davies e

dros y llo, er mwyn ei ddeffro, cyn ei lusgo o flaen y fuwch fel y gallai lyfu'r brych yn awchus. Roedd gweld hynny yn ddigon i Tony, a gafaelodd yn y bwced a rhedeg ar frys o'r beudy.

Roedd ceir yn dechrau cyrraedd y fferm, wrth i'r cymdogion a phobol y pentref gyrraedd yn barod i gynnig help. Roedd digon o bobol wedyn i greu diddanwch am weddill y rhaglen. Cafodd Davies gyfle i roi hysbyseb i'w filfeddygfa ar yr awyr ac oherwydd hynny penderfynodd beidio â chodi tâl ar Ivoreena am ei wasanaeth. Wrth iddo ddod i'r tŷ i olchi'i ddwylo, rhoddodd Ivoreena darten riwbob iddo o'r rhewgell yn ddiolch.

Pan oedd y rhaglen ar fin dod i ben, derbyniodd Alaw neges oddi wrth ŵr Delun: 'Martha Grug wedi dod i'r byd. Saith pwys, naw owns. Pawb yn iach ac yn hapus. Edrych fel ei thad, diolch byth!' Roedd hi'n anodd coelio bod Delun wedi bod yn gwthio'n gydamserol â Shanw'r fuwch ac roedd Alaw'n falch iawn o allu cyhoeddi'r newyddion da hynny yn fyw ar y rhaglen hefyd – rhaglen y byddai Fat Cat yn ddigon balch ohoni, gobeithio.

Esgusodd Alaw ei bod hi'n cysgu yr holl ffordd 'nôl i Gaerdydd. Trueni na fyddai hi wedi gwneud hynny neithiwr pan oedd Tony Mahoney yn udo wrth ei hymyl, meddyliodd. Cytunodd y ddau na fyddent yn dweud wrth neb am yr hyn ddigwyddodd na byth yn crybwyll y peth eto. Ond ofnai Alaw y byddai Tony'n cario pob math o glecs amdani. Byddai cydweithio yn hunllef o hyn ymlaen ac ystyriodd ailargraffu ei llythyr ymddiswyddo hyd yn oed. Sylwodd Tony ddim ar y dagrau tawel yn powlio lawr ei gruddiau a chwibanodd yntau'n dalog ar hyd y siwrne gyfan, er bod Alaw yn cysgu, hyd y gwyddai.

Newyddion trist

Wrthi'n glanhau'r bath roedd Richie pan glywodd fod ei fam wedi marw. Roedd glanhawraig Catrin wedi dechrau rhoi gwersi gwaith tŷ i Richie pan fyddai'n galw ac roedd Richie'n cael eitha hwyl arni ac yn gwneud ambell dasg fach rhwng ei hymweliadau hi. Câi bleser mawr o weld y stafell ymolchi'n sgleinio a phob dim yn daclus yn ei le a'r cyfan yn gwynto'n ffres. Ffoniodd Richie Catrin yn y gwaith i'w hysbysu am y newyddion ac fe addawodd hi y byddai'n dod adref ar unwaith. Daliodd Richie ati i wneud ei waith ac roedd wedi glanhau'r sinc, y gawod a'r toiled erbyn iddi hi gyrraedd 'nôl, yn ffws i gyd.

Roedd angen siwt ddu arno ond doedd e ddim yn hapus i fynd i brynu un newydd tan iddo weld drosto'i hun fod yr un a brynodd i angladd ei dad yn rhy fach. Gwnaeth Catrin ei gorau i'w ddarbwyllo i fynd gyda hi'n syth i siop y teiliwr ond mynnodd Richie eu bod nhw'n galw yn y tŷ yn gyntaf i weld beth oedd hanes yr hen un. Cynigiodd Catrin dalu am un newydd iddo ond teimlai Richie ei bod hi wedi gwario gormod arno eisoes. Roedd yntau'n ormod o gybydd i brynu siwt newydd, er iddo fod yn swyddfa'r cyfreithiwr a chlywed y byddai'n etifeddu dros hanner miliwn o bunnoedd ar ôl ei fam. Cawsai ei fagu i fyw'n gynnil a pheth anodd yw newid ffordd o fyw.

Doedd ganddo ddim syniad fod ei fam yn ddynes

ariannog, gan nad oedd hi erioed wedi trosglwyddo unrhyw gyfrifoldeb i Richie i ymdrin ag arian y teulu. Byddai hi'n cymryd ei gyflog misol yn syth oddi wrtho ac yn rhoi arian poced iddo bob wythnos. Erbyn meddwl, prin y byddent yn gwario ar ddim heblaw am y bwyd, y biliau a'r Bingo. Roedd hi a thad Richie wedi etifeddu rhywfaint ar hyd y blynyddoedd gan hen berthnasau ac roedd y ddau wedi gadael llonydd i'r symiau hynny chwyddo mewn cyfrifon uchel eu llog. Ond er mor gymen oedd yr agwedd hon o'i bywyd, roedd hi wedi esgeuluso'r tŷ yn ofnadwy.

Eisteddai Catrin yn y car yn ddiamynedd tra oedd Richie'n ymweld â'i gartref am y tro cyntaf ers wythnosau. Fe gododd oglau'r lle bwys arno yn syth bìn a synnai ei fod ar un cyfnod wedi gallu byw yno heb sylwi arno. Y tu mewn i'r drws ffrynt roedd pentwr o bost ar y mat. Gwyddai y dylai fynd drwyddo ond doedd ganddo ddim amynedd i daclo'r gwaith. Sothach oedd y rhan fwyaf ond ar ben y domen o bapurach lliwgar roedd llond llaw o amlenni gwynion wedi'u hysgrifennu â llaw, fel haenen o eira ar ben mynydd. Cardiau cydymdeimlad, tybiodd.

Aeth i nôl bag plastig o'r cwtsh dan staer i grynhoi unrhyw beth fyddai ei angen arno. Roedd wedi anghofio bod angen trin y drws gyda gofal a daeth y bwlyn yn rhydd yn ei law. Defnyddiodd declyn crafu cefn ei fam i agor y drws a disgynnodd nifer o drugareddau mas ar lawr y cyntedd. Roedd y cwtsh yn orlawn o hen lestri a sosbenni, bagiau o hen ddillad, papur newydd wedi melynu a phethau glanhau oedd wedi gweld dyddiau gwell. Byddai clirio'r tŷ'n dipyn o brosiect.

Dringodd y grisiau a sylweddoli am y tro cyntaf eu bod yn gwichian fel llygod bach. Roedd cyflwr y tŷ'n waeth nag erioed. Cofiai ei dad yn gwneud mân welliannau i'r lle, ond doedd dim gwaith wedi cael ei wneud yno ers dros chwarter canrif erbyn hyn. Roedd Richie heb ddangos unrhyw ddiddordeb mewn tasgau o'r fath a fyddai ei fam byth yn ystyried cyflogi neb i wneud y gwaith ar y tŷ.

Eisteddodd ar ei wely bach cul a theimlodd rai o'r sbringiau o dan ei ben-ôl yn ei boeni. Sylwodd mor anghyfforddus ydoedd o'i gymharu â'i wely benthyg, er y bu hwn yn ddigon da iddo ar hyd ei oes. Byddai prynu gwely newydd yn un o'r pethau cyntaf y byddai'n rhaid iddo'i wneud pan fyddai'n symud 'nôl, meddyliodd.

Gwthiodd ei law i'r rhych rhwng y fatres a'r gwely nes teimlo cylchgrawn yno a'i dudalennau'n cyrlio. Cylchgrawn a brynodd yn hwyr, hwyr un nos Wener amser maith yn ôl mewn siop bapur newydd yn ddigon pell o'u stryd nhw, ar ôl i'w fam roi ei arian poced iddo. Teimlai ryddhad o ddarganfod ei fod yn dal yno. Penderfynodd fynd ag e 'nôl i Blas y Bryn. Wedi'r cyfan, roedd ganddo ddigonedd o amser i'w ladd yno, rhwng ei sgyrsie ar y ffôn â Dave, wrth gwrs. Roedd wedi gweld eisiau'r cylchgrawn hwn, felly cymerodd sbec sydyn, slei, gan fod ganddo gyfle.

Roedd Catrin yn taro'i hewinedd sgarlad yn erbyn y llyw i gyfeiliant un o raglenni prynhawn Pawb FM. Tuchodd yn uchel cyn estyn taffi o'i bag llaw crand a'i gnoi mewn tymer. Roedd Richie'n cymryd ei amser ond doedd fiw iddi adael ei char, rhag ofn iddi gael tocyn parcio fel y tro diwethaf. Roedd ganddi gant a mil o bethau i'w gwneud cyn yr angladd gan gynnwys prynu ategolion i fynd gyda'i gwisg angladdol. Roedd hi wedi prynu honno ers pythefnos. O'r diwedd fe'i gwelodd yn nrych y car a diffoddodd y radio.

Camodd Richie o'r tŷ a chynnau ffag i ymlacio. Clodd y drws gan fflician rhywfaint o lwch y sigarét ar y llwybr byr oedd yn arwain at y tŷ a chafodd wefr wrth iddo deimlo fel crwtyn drwg yn camfihafio.

"Cer i nôl soser os oes rhaid i ti smoco, yn lle gadel dy hen lwch mochedd ymhobman. Beth fydde dy fam yn 'i feddwl?" Mrs Morgan drws nesa oedd yno. Roedd hi'n ddigon o reswm dros werthu'r tŷ, meddyliodd Richie.

"Fy llwybr i yw e," atebodd Richie, gan deimlo gwefr am yr eildro. Doedd e erioed wedi'i hateb 'nôl o'r blaen.

"Mae gofyn i ti watsho'r hen dafod 'na, 'machgen i. Digon hawdd gweld fod yr hen Gatrin 'na'n dylanwadu arnot ti." Ffliciodd Richie ychwaneg o lwch ar y llwybr.

"Gest ti 'ngharden i?" holodd Mrs Morgan.

"Na."

"Dw i wedi'i rhoi hi drwy'r drws ers dyddie…"

Anwybyddodd Richie ei gymdoges a dychwelyd i'r car.

"Fuest ti'n hir," meddai Catrin.

"Sori."

"O'dd hi'n ffito?"

"Nag o'dd," atebodd Richie'n gelwyddog. Roedd wedi anghofio'n llwyr mai er mwyn mynd i nôl y siwt yr aethon nhw yno.

"Be sy yn y bag, 'te?"

"Dim ond rhyw bethe i fi edrych arnyn nhw… pan

fydda i'n well." Diolchodd Richie ei fod wedi cuddio'r cylchgrawn mewn amlen a'i roi mewn bag plastig trwchus.

"Ti *yn* teimlo'n well, on'd wyt ti? Neu mi fyddi di, pan fydd fory drosto."

"Amser a ddengys," atebodd Richie a thaniodd Catrin yr injan gan anelu at siop y teiliwr. Roedd hi wrth ei bodd o gael y cyfle i ymweld â'r siop ar gyrion y ddinas a byddai'n edmygu eu gallu i wneud i'r dillad ffitio fel maneg. Roedd bywyd gymaint haws i ddynion, meddyliodd. Roedd hi wedi treulio blynyddoedd yn brwydro i ddod o hyd i ddillad oedd yn ffitio ac wedi derbyn erbyn hyn nad oedd fawr o ddewis i fenywod o'i maint hi. Doedd hi ddim wedi cael esgus i fynd yno ers i Rhys adael ac edrychai ymlaen at astudio'r holl bosibiliadau. Byddai Richie'n siŵr o edrych yn ddigon o sioe.

Angladd arall i Alaw

Roedd Alaw wedi blino ar gael ei gorchymyn i fynd i angladdau. Catrin a'i gorfododd y tro hwn, a mam Richie oedd yr ymadawedig. Teimlodd Alaw fymryn o rhyddhad pan dderbyniodd yr e-bost oddi wrthi achos o leiaf roedd hynny'n golygu bod y penderfyniad wedi'i wneud ar ei rhan. Roedd Richie'n dal i fod ymysg ei chas bobl yn y byd ond roedd hi wedi treulio pedair awr yn ddyddiol yn ei gwmni ers pymtheng mlynedd. Mae'n siŵr ei fod wedi cael amser caled ofnadwy yn ddiweddar, achos nid oedd yn un i golli diwrnod o waith ar chwarae bach. Dywedodd Catrin ei bod hi'n bwysig i'r cwmni ddangos cefnogaeth i Richie ar adeg anodd er mwyn sicrhau y byddai'n ôl yn ei waith cyn gynted â phosib. Ddywedodd Catrin ddim yn yr e-bost p'un a oedd hi'n bwriadu bod yn bresennol, ond go brin y gwelai liw tin y gnawes hunanol hi yno, meddyliodd Alaw. Doedd dim sôn bod unrhyw un arall o Pawb FM yn bwriadu mynd i'r angladd felly, unwaith yn rhagor, byddai'n rhaid i Alaw achub y dydd ar ei phen ei hun bach.

Erbyn hyn, roedd y syniad o weld Richie'n dychwelyd yn codi calon Alaw; dyna oedd yr unig ffordd o sicrhau y byddai Tony allan o'i bywyd unwaith ac am byth. Roedd treulio pedair awr yn ei gwmni yn ddyddiol yn waeth nag erioed. Er ei fod e wedi gwella rhywfaint fel cyflwynydd roedd yr awyrgylch rhwng y ddau yn annifyr a byddai'n rhaid esgus fod popeth yn iawn yng ngŵydd Ffion. Roedd codi i fynd i'r gwaith yn fwy o fwrn nag erioed ac ysai am gael y cyfnod byr hwnnw o hapusrwydd pan roedd hi a Ffion yn rhedeg y sioe yn ei ôl. Pe bai hi ond heb ddifetha ei chyfle wrth geisio newid y rhaglen yn ormodol, pe bai hi ond wedi ymatal rhag cysgu gyda Tony, byddai popeth yn iawn. Hi, a neb arall, oedd yn gyfrifol am y twll roedd hi ynddo, ac roedd cydnabod hynny yn deimlad diflas.

Cyrhaeddodd Alaw'r capel yn gynnar ac er mwyn osgoi gorfod dechrau sgwrs gyda'r dyrnaid o bobl oedd yn sgwrsio y tu fas, fe arhosodd yn y car a bwrw mlaen gyda'i gwau. Het ar gyfer merch fach newydd Delun oedd ar y gweill. Daeth ei dwylo i stop yn sydyn pan drodd car Fat Cat i'r maes parcio, fel pe bai Alaw wedi datblygu chweched synnwyr erbyn hyn i'w rhybuddio o'i phresenoldeb. Syllodd mewn angrhediniaeth pan sylwodd mai Richie oedd yn sedd y teithiwr. Fe wyliodd hi Catrin yn ymdrechu i godi o'i sedd isel ac yn ymddangos yn smart o'i cho mewn siwt ddu a menig a theits les oedd yn matsio. Roedd ganddi berlau mawr yn dynn o amgylch ei gwddw byr, ac roedd ei choesau fel petaen nhw o dan straen wrth gynnal ei phwysau yn y sodlau pigfain. Gwisgai ormod o golur i weddu i'r achlysur, ac roedd hynny'n ei gwneud hi'n amlwg i'r byd a'r betws nad oedd hi'n bwriadu colli deigryn yn ystod y gwasanaeth.

Daeth Richie i'r golwg wedyn yn ei siwt ddu ac edrychai'n dda, o ystyried ei fod yn ddyn a oedd i fod ar gyfeiliorn. Roedd graen ar ei ddillad a'i groen – yn wir, welsai Alaw erioed mohono'n edrych cystal. Roedd e'n dal i wisgo'i wìg erchyll ond, ar y cyfan, roedd yn edrych cryn dipyn yn well. Cipiodd Catrin law Richie yn ei maneg ac fe gerddon nhw law yn llaw i gyfeiriad y capel.

Roedd Alaw mewn sioc. O'r diwedd, roedd hi'n deall pam y cadwodd Catrin gefn Richie ar hyd y blynyddoedd ac mai cenfigen oedd y rheswm iddi fod mor gas wrthi hi. Tybed a oedd perthynas rhyngddynt ers y dyddie pan fydden nhw'n cydgyflwyno, neu ai perthynas newydd oedd hon a ddatblygodd ers iddo golli ei fam? Cododd ias drosti wrth ddychmygu Catrin a Richie yn dechrau perthynas trwy garu mewn carafán ar ddarllediad allanol.

Cerddodd Alaw am y capel a phenderfynodd beidio cydnabod y berthynas newydd oedd wedi ei bwrw oddi ar ei hechel. Aeth hi at Richie i gydymdeimlo, a synnu nad oedd yn drewi mwyach. Roedd hi'n haws bod yn garedig wrtho nag a ddisgwyliai. Er ei fod yn hen snichyn atgas a wnâi ei bywyd yn boen, roedd hi'n anodd peidio â chydymdeimlo â rhywun oedd newydd golli ei fam. Roedd hi hefyd yn anodd peidio â chydymdeimlo ag unrhyw un oedd mewn perthynas â Catrin Rowlands. Estynnodd i ysgwyd ei law, gan serio ei llygaid ar ei wyneb er mwyn peidio gorfod cydnabod y ffaith fod ei law yn gadael llaw fanegog Catrin.

"O'dd yn ddrwg iawn 'da fi glywed am eich profedigaeth chi."

"Diolch i ti, Alaw, ac mae'n ddrwg 'da fi 'mod i wedi dy adael di yn y cach." Doedd Alaw erioed wedi ei glywed yn ymddiheuro o'r blaen.

"O, iawn siŵr. Shwt y'ch chi'n teimlo?"

"Yn well..." atebodd Richie er ei fod yn teimlo fel

ychwanegu "nag erioed", ond gwyddai na fyddai hynny'n beth parchus i'w ddweud. Trodd Catrin wedyn at Alaw.

"Alaw, diolch i ti am ddod." Cusanodd Catrin yr awyr ger clust Alaw i osgoi difetha ei lipstig fflamgoch. Roedd ei phersawr yn ddigon cryf i wneud i chi deimlo'n chwil.

"Mae'n iawn."

"Mae dy gael di 'ma'n meddwl lot i Richie a fi," meddai Catrin er bod Alaw yn gwybod yn iawn mai yno i wneud i'r lle edrych yn llawnach yr oedd hi. Cofiodd fod ganddi garden i gydymdeimlo yn ei bag ac estynnodd honno i Catrin.

"Sori mai nawr chi'n ei chael hi."

"Diolch."

"Do'n i ddim yn siŵr i ble i'w hanfon hi," ychwanegodd Alaw, o ran diawlineb.

"I Blas y Bryn. Gyda fi mae Richie'n byw nawr," atebodd Catrin, yn falch.

Eisteddai Alaw yn y gwasanaeth mewn sioc. Beth yn y byd oedd Catrin yn ei weld yn Richie, meddyliodd? A beth oedd Richie yn ei weld ynddi hi? Fel pawb arall, roedd wedi cymryd ei fod yn hoyw. Roedd hi'n anodd ganddi gredu bod y ddau wedi llwyddo i guddio'r berthynas ar hyd yr holl flynyddoedd, a pham yn y byd fydden nhw am wneud hynny, beth bynnag? Doedden nhw'n gwneud dim drwg i neb. "Gyda fi mae Richie'n byw nawr" oedd geiriau Catrin felly siawns mai rhywbeth diweddar oedd hyn. Roedd pawb fel petaen nhw mewn perthynas heblaw amdani hi, meddyliodd Alaw, ac mae'n siŵr mai dyna'r prif reswm iddi feichio crio trwy gydol y gwasanaeth.

Sylwodd Alaw fod llygaid Richie'n rhyfeddol o sych

o ystyried ei fod, mae'n debyg, ar ddisberod. Ceisiodd Richie roi ei ofidiau o'r neilltu er mwyn canolbwyntio ar y gwasanaeth ond roedd llaw Catrin ar ei lin a'r bloneg yn bochio drwy les y menig. Roedd ei llaw'n grwn ac yn drwm, fel bom yn tician ac ar fin ffrwydro.

Catrin oedd yr unig un ar ben ei digon. Doedd seddau caled y capel hyd yn oed ddim yn ei phoeni gan fod ganddi glamp o ben-ôl yn glustog. Pe bai hi'n gath go iawn, byddai hi'n canu grwndi'n fodlon braf.

Ymddiheuriad

Roedd hi'n noson wlyb a gwyntog ac erbyn i Alaw ddychwelyd o'r angladd roedd to fflat y gegin wedi dechrau gollwng unwaith eto, fel yr oedd hi wedi'i ofni. Doedd ganddi mo'r galon i gael ffrae arall gyda'i landlord am y mater felly penderfynodd aros tan y bore cyn ei ffonio.

Newidiodd i'w phyjamas fflaneléd gyda lluniau eirth arnynt ac archebodd bitsa iddi hi ei hun i swper. Teimlai ei bod hi'n haeddu rhywbeth amgenach na'r arfer ar ôl y diwrnod roedd hi wedi'i gael. Doedd dim byd gwerth ei weld ar y bocs tan yn hwyr, a byddai'n rhaid iddi noswylio'n gynnar er mwyn codi'n blygeiniol y bore wedyn.

Penderfynodd y byddai triniaeth harddwch yn codi ei chalon felly aeth ati i roi haenen o glai gwyrdd ar ei hwyneb. Roedd ganddi bymtheng munud i aros iddo galedu felly manteisiodd ar y cyfle i gael cip bach slei ar DVD y byddai'n ei wylio weithiau i godi ei hysbryd. Hen fideo a drosglwyddwyd i DVD ydoedd ohoni hi a merched Enfys yn canu mewn rhyw noson lawen yng nghefn gwlad Sir Benfro ganol y nawdegau. Hwn oedd ymddangosiad cynta'r criw ar y teledu ac, o'r herwydd, roedd y saith ohonynt wedi cael permio'u gwalltiau ac wedi cael dillad newydd sbon ar gyfer yr achlysur. Un o ganeuon mwyaf bywiog Enfys roedden nhw'n ei chanu, felly Alaw oedd y prif leisydd hyderus. Roedd pob un o'r criw wedi ei gwisgo yn un o liwiau'r enfys a gwisgai Alaw ffrog fer iawn lliw melyn gyda sodlau a chlustdlysau i fatsio. Hi oedd yr un gâi'r mwyaf o sylw gan y bechgyn pan fyddent yn perfformio ar hyd y wlad, felly roedd yn dipyn o siom iddi ei bod yn wynebu Nadolig arall ar ei phen ei hun. Ystyriodd tybed a fyddai'r lleill yn edrych ar hen fideos o'r grŵp? Go brin, meddyliodd, gan gydnabod mai hi oedd yr unig un oedd yn byw yn y gorffennol.

Canodd cloch y drws a neidiodd Alaw i'w ateb yn awchus gyda phapur deg punt yn ei llaw i dalu'r dyn pitsa. Fyddai fymryn o ots ganddo yntau ei bod hi yn ei dillad nos am hanner awr wedi chwech a'i hwyneb yn edrych fel drychiolaeth.

Agorodd y drws a chael sioc a hanner. Tony Mahoney oedd yno, yn mochel mewn cot law ddrudfawr a photel o win yn ei law.

"Halest ti ofan arna i!" meddai Tony o weld ei hwyneb gwyrdd-oedd-yn-dechrau-troi'n-wyn. Gwahoddodd Alaw Tony i'r tŷ o'r glaw, cyn i'r cymdogion gael cip o'r ddau.

"Ti yw honna?" holodd Tony wrth weld y teledu. Rhuthrodd Alaw i'w ddiffodd.

"O't ti'n edrych yn anhygoel!" meddai Tony gan osod y gwin ar y bwrdd coffi. Gwridodd Alaw o dan ei hwyneb craciedig gwyn.

"Lle neis 'da ti."

"Mae'n gwneud y tro am nawr. Licen i brynu lle fy hunan ond gyda rentio lle i un mor ddrud, mae'n anodd cynilo unrhyw gelc," atebodd Alaw.

Clywodd Tony sŵn y dŵr yn diferu o do'r gegin i'r bwced ar lawr fel metronom araf.

"Beth yw'r sŵn 'na?"

"To'r gegin sy'n gollwng. Digon i dy hala di'n benwan, on'd yw e?"

"Rho dywel yn y bwced," cynigiodd Tony. Aeth Alaw ati i wneud hyn ac fe dewodd y twrw'n sylweddol.

"Shwt o't ti'n gwybod y tric bach 'na?"

"O't ti'n dysgu'r tricie i gyd lle dyfes i lan." Edrychodd y ddau ar ei gilydd yn anghyfforddus. Doedd Tony erioed wedi crybwyll ei fagwraeth o'r blaen.

"Edrych, Alaw, 'wy wedi dod i ddweud sori. Wel, sa i'n gwbod ble i ddechrau a gweud y gwir. Ti wedi bod mor dda yn helpu fi ar y rhaglen bob dydd ac mor amyneddgar a charedig."

Roedd Alaw eisiau gallu mwynhau ei ymddiheuriad tila felly fe'i hesgusododd ei hun er mwyn ymolchi ei hwyneb cyn gadael iddo barhau. Edrychodd Tony o gwmpas y stafell. Roedd trampolîn y bois yn fwy na stafell fyw Alaw. Dychwelodd Alaw lawr y staer. Sylwodd Tony nad oedd hi'n gwisgo bra. Eisteddodd yn ei ymyl gan fod seddi'n brin.

"Ti'n berson mor dda. Ti'n gweithio mor galed ond eto, ti'n dal i ddod o hyd i amser i neud pethe da, fel mynd i'r angladd heddi. Fi moyn bod fel ti, Alaw, moyn bod yn neis wrth bobol. Stopio bod mor hunanol. Dw i wedi dy drin di'n wael a dw i angen ymddiheuro."

Torrwyd ar draws Tony am yr eildro gan gloch y drws ffrynt. Dyn y pitsa oedd yno y tro hwn. Difarodd Alaw iddi fod mor farus wrth i'r dyn gyflwyno ei phitsa un ar bymtheg modfedd iddi.

"Ro'n i'n meddwl bod ffrind yn dod draw," meddai Alaw wrth Tony gan geisio cyfiawnhau maint y bocs anferth a gariai ond cyn gynted ag y gadawodd y geiriau ei cheg, sylweddolodd fod ei phyjamas yn ei bradychu.

"Mae ffrind *wedi* dod draw. 'Wy moyn i ni fod yn ffrindie. Alla i ddim diodde'r awyrgylch sy rhyngon ni ers, wel, ti'n gwbod."

"Wyt ti'n ffrind llwglyd?" holodd Alaw dan wenu.

"Ydw," gwenodd Tony.

"Sy'n lico *meat feast*?"

"*Extra chicken, no sausage?*"

Chwarddodd Alaw gan synnu ei fod wedi cofio ei ffefryn.

"A gwin coch i'w olchi i lawr," ategodd wrth basio'r botel iddi.

Aeth Alaw i estyn dau blât a dau wydryn a dechreuon nhw ar y wledd.

"Mae hi wir yn ddrwg 'da fi, ti'n gwbod," meddai Tony'n daer, gan syllu arni â'i lygaid pefriog.

"Chware teg i ti am gwympo ar dy fai. Dw i'n edmygu hynny. Dyw e ddim yn beth hawdd i'w wneud. Mae gyda ni i gyd ein gwendidau..."

Gwenodd Tony a'i ddannedd yn ddisglair er gwaetha'r gwin coch. Craffodd ar ei llygaid, gan sylwi am y tro cyntaf mai glas oedden nhw. Ond cyn i Tony gael y cyfle i droi'r eiliad yn gusan, cofiodd Alaw am y newyddion mawr.

"O, mam fach! Dw i heb ddweud wrthot ti, odw i? Gredi di byth pwy weles i law yn llaw yn yr angladd heddi?" Chafodd Tony ddim cyfle i ddyfalu. "Richie a Fat Cat!"

Chymerodd Alaw ddim sylw o ymateb llugoer Tony ac aeth ati i ddadansoddi'r peth hyd dragwyddoldeb. Aeth yn ei blaen i barablu am straeon anniddorol am yr anghyfiawnderau a wynebodd dan law Richie ac eironi'r ffaith ei bod wedi gorfod mynd i'r angladd y diwrnod hwnnw. Gwnaeth Tony synau cydymdeimladol ond wrth iddo anesmwytho ar y soffa galed, fe'i trywanwyd yn ei ben-ôl gan un o weill Alaw. Tro Alaw oedd hi i ymddiheuro wedyn a gwelodd Tony ei gyfle i'w chusanu.

"'Wy moyn bod gyda ti," meddai Tony rhwng cusanau. "Ti'n sbeshal ac mae'n hala ofan arna i i feddwl y gallen i fod wedi dy golli di wrth fod yn gymaint o brat," ategodd. Cusanodd Alaw e'n frwd.

"Allwn ni roi cynnig arni? Ti a fi?" cynigiodd Tony. Oedodd Alaw mewn anghrediniaeth.

"Gwell cymryd pethe'n ara deg, a gweld sut fydd hi'n mynd," atebodd Alaw.

"Ond fi moyn dangos i ti mor sbeshal wyt ti. Fi'n joio dy gwmni di. A ti mor secsi."

"Beth am ddod 'da fi dydd Sadwrn i weld babi newydd Delun?" holodd Alaw.

"Fydden i wrth fy modd," atebodd Tony a'i dafod yn ei foch, cyn i'r dafod honno blymio'n chwantus i geg Alaw.

Bu'r ddau'n sgwrsio ar y soffa am oriau, cyn mynd i'r gwely i garu tua hanner nos. Eisteddai tedi bêrs Alaw yn eu gwylio o ben y cwpwrdd. Doedden nhw erioed wedi gweld y ffasiwn beth! Gallai hyd yn oed Bwni Binc a'i llond pen o wadin weld bod yr hyn oedd yn digwydd yn syniad gwael. Ond, yn anffodus, doedd hi ddim yn gallu siarad, ac fe'i darostyngwyd i dreulio'r noson ar waelod y gwely, mewn safle anffodus rhwng pants a sanau Tony Mahoney.

Rhywbeth (mawr) o'i le

Synhwyrodd Richie fod rhywbeth o'i le yn fuan ar ôl iddyn nhw ddychwelyd o'r angladd i Blas y Bryn. Roedd y teimlad yn union fel y bydd wedi i rywun dorri ei wallt neu gael sbectol newydd. Doedd pethe ddim yn ymddangos cweit fel roedden nhw'n arfer bod ond roedd hi'n anodd dirnad beth yn union oedd wedi newid.

Felly y teimlai Richie wrth iddo eistedd yn y gadair freichiau helaeth o flaen y teledu a dechrau chwilio am y *remote control*. Doedd e erioed wedi cael trafferth dod o hyd i'r teclyn o'r blaen ac yna sylweddolodd fod y bwrdd coffi o flaen y lle tân wedi diflannu. Roedd ar fin mynd i chwilio amdano pan bylodd goleuadau'r stafell a chlywodd gerddoriaeth jazz tawel yn dod o'r chwaraewr CD. Doedd bosib fod Catrin yn ceisio creu awyrgylch rhamantus. Diolchodd ei fod wedi'i gwneud hi'n bolisi i eistedd ar y gadair freichiau yn hytrach na'r soffa o'r cychwyn cyntaf, rhag ofn. Roedd gormod o gywilydd arno i droi i edrych beth oedd ar droed felly hoeliodd ei lygaid yn syth o'i flaen. Tipyn o dasg, gan na allai esgus gwylio'r teledu am fod y sgrin yn ddu bitsh. Penderfynodd gau ei lygaid ac esgus pendwmpian, er y byddai hynny'n gwbl amhosib mewn gwirionedd gan mai newydd eistedd ydoedd.

Gallai glywed sŵn rhywbeth yn cripian ar lawr tuag

ato a gobeithiai mai ci strae oedd wedi crwydro i mewn yn ddiarwybod ydoedd, yn chwilio am faldod. Teimlodd drwyn yn snwffian o gwmpas ei bengliniau, a phen mawr trwm yn rhwbio'n erbyn ei goesau. Chwilio am faldod oedd y creadur, doedd dim amheuaeth am hynny.

Parhaodd yr anwesu am rai munudau cyn i Richie benderfynu na allai esgus cysgu mwyach. Agorodd ei lygaid yn araf gan geisio argyhoeddi ei fod yn deffro o drwmgwsg ac, fel yr ofnai, y gath fawr dew oedd yno, ei llygaid mawr yn pipo'n chwantus arno a'i gên yn gorffwys rhwng ei bengliniau. Roedd hi wedi diosg ei siaced angladdol ac wedi agor rhai o fotymau top ei blows ddu fel bod ei bra coch yn ymddangos yn nyfnderoedd ei mynwes. Gan ei bod hi ar ei phedwar, ymddangosai ei phen-ôl yn fwy nag erioed ac roedd ei sgert mewn peryg difrifol o rwygo dan y straen.

"Cath ydw i," meddai Catrin gan wenu fel giât a'i dannedd cam i gyd yn y golwg. Efallai ei bod hi wedi colli'i phwyll, gobeithiai Richie. Roedd hi wedi bod dan dipyn o straen yn ddiweddar, chwarae teg.

"Well i fi fynd i nôl llaeth i ti, 'te," atebodd Richie, gan dybio ei fod wedi cael y gorau arni ac y câi ddianc, ond wnaeth y sylw ond ei chyffroi yn fwy fyth. Roedd ei gên yn pwyso ar ei gôl ac roedd rhybudd yn ei llygaid oedd yn dweud wrtho am beidio â symud modfedd. Roedd ei hymddygiad mor rhyfedd – ar un llaw doedd gan Richie ddim syniad beth fyddai hi'n ei wneud nesaf ond eto fyth, roedd yn gwybod yn iawn i lle roedd hyn yn arwain.

"Dwyt ti ddim yn meddwl fod cathod yn secsi?" gofynnodd a mynd yn ôl i rwbio'i phen yn erbyn ei goesau. Byddai Richie'n arfer mwynhau'r driniaeth hon gan gathod go iawn pan oedd ei fam yn eu cadw. Gan nad oedd wedi ymateb, dechreuodd Catrin rwbio'i phen yn uwch i fyny ei goesau, yn y gobaith y dôi hi o hyd i bostyn caled i gosi ei chlustiau, ond chafodd hi ddim lwc.

"Dwyt ti ddim yn mynd i roi o-bach i pwsi fach?" holodd unwaith yn rhagor a syllu'n ymbilgar arno. Erbyn hyn, roedd ei phen wedi cyrraedd ei fol mawr crwn. Cododd Richie ei law yn betrus oddi ar y soffa a dechrau patio'i gwallt yn ysgafn. Roedd y blew yn gwrs o ganlyniad i flynyddoedd o gamdriniaethau yn y salon. Parhaodd i batio'n rhythmig tra bod ei hwyneb mewn lle digon diogel ar ei fol. Dechreuodd Catrin wthio'i phawennau i fyny ei drowsus a chrafu ei goesau gyda'i hewinedd coch, fel pe bai coesau Richie'n foncyffion coed delfrydol ar gyfer hogi crafangau. Buan iawn yr oedd gwaelod ei goesau a'i bigyrnau yn goch a diolchodd fod ei drowsus wedi mynd yn ddigon tyn amdano i'w hatal rhag crwydro dim pellach.

Diflasodd Catrin ar y gêm honno'n reit sydyn a gyda naid orchestol, dyma hi'n llamu ar gôl Richie ac yn gosod ei phengliniau'r naill ochr iddo. Rhwygodd ei sgert gan greu hollt anferth a gwneud sŵn rhech, hir, wleb. Daeth hi dros y lletchwithdod drwy ddechrau ei gusanu'n nwydwyllt dros ei gorff â'i thafod binc.

"Datod 'y mlows i, Richard!" gorchmynnodd. Doedd Richie prin yn gallu symud o dan yr holl bwysau ond ufuddhaodd, a gwneud ei orau dan yr amgylchiadau. Dyma yr oedd Catrin wedi dyheu amdano ar hyd yr amser, ac wedi ei charedigrwydd tuag ato, doedd ganddo ddim dewis ond cydymffurfio. Roedd tynnu'r teits patrymog tyn yn dipyn o her ac ymdebygai ei chluniau noeth i bapur wal crand, oherwydd ôl y les. Papur wedi'i osod ar wal anwastad, wen, nes bod lympiau bach arno ymhobman. Tynnwyd dillad Richie gyda llawer mwy o angerdd ac mewn llawer llai o amser i gyfeiliant ei griddfan parhaus. Roedd ei sŵn yn ei atgoffa o fewian cathod ei fam pan oedden nhw'n disgwyl cael eu gadael mas i'r ardd i wneud eu busnes.

"Beth yw hwnna ar dy fraich di?" holodd Catrin yn sydyn, wedi sylwi ar y siarc bach.

"Dim byd," wfftiodd Richie a'i lygaid ynghau.

"Mi wyt ti'n dipyn o gi tawel! Gobeithio nad wyt ti'n cnoi, fel siarc!"

"Go brin," atebodd gan ganolbwyntio'n galed ar Dave, fel y gwnaeth yn y parlwr tatŵs.

"'Wy'n gwbod..." meddai Catrin gyda gwê, gan sleifio oddi yno i'r gegin, ar ei phedwar i ddechrau, cyn codi ar ei dwy goes rhag colli mwy o amser. Er cymaint yr oedd Richie'n dyheu am gael dianc, teimlai na allai pethau fynd dim gwaeth.

Heb oedi dim, dringodd Catrin ar ben Richie a gosod yr hyn yr oedd hi wedi'i mofyn o'r gegin i orwedd yn llipa ar blât ar stôl gyfagos. Clywodd Richie ryw hen ddrewdod yn codi cyfog arno. Yno, ar y plât, roedd clamp o facrell mawr yn syllu arno, a'i lygad trist yn ymbil am drugaredd.

"Gafael ynddo fe!" gorchmynnodd Catrin oddi fry. "Yn ei gynffon e! Rho glipen i fi. Yn galed!"

Ufuddhaodd Richie unwaith yn rhagor, a golygai hynny fod y gath wedi cael ei bodloni'n llwyr mewn dim o dro, fel yr oedd wedi gobeithio.

Y swper olaf

Roedd Catrin wastad eisiau bwyd ar ôl bod yn caru a gan ei bod hi bron yn amser swper, penderfynodd fynd ati i baratoi pryd ar ei hunion. Cadwodd ei bra a'i nicers coch amdani a thaflu gŵn gwisgo sidan drosti yn y gobaith y byddai bwyta swper, a hithau'n gwisgo cyn lleied, yn codi chwant ar Richie unwaith eto i garu gyda'r gath wyllt. Ac os na fyddai hynny'n codi chwant arno, roedd hi'n siŵr y byddai gweini'r macrell, a oedd bellach yn ffrwtian yn y badell ar y pentan, yn ddigon i'w atgoffa o'u sesiwn garu ac yn codi blys arno eto. Efallai y gallai hi hyd yn oed ei demtio i gael ychydig o hwyl gyda'r *tiramisu* oedd i bwdin. Gosododd y bwrdd yn ddel, dewisodd win a chynnau cannwyll. Roedd hi'n rhoi dresin ar y salad pan ddaeth Richie i'r gegin. Roedd hi'n disgwyl ei weld, fel hithau, wedi'i wisgo yn rhannol yn ei drôns a'i grys, ond roedd wedi'i wisgo o'i gorun i'w sawdl. Roedd esgidiau am ei draed, ei got amdano ac roedd yn cario bag plastig mawr Laura Ashley yn llawn trugareddau.

"Pam wyt ti'n gwisgo dy got? Ti'n chwarae gêmau sili bili?" holodd gan lyfu'r hadau tomatos oddi ar ei bysedd yn awgrymog.

"'Wy'n mynd adre."

Rhoddodd Catrin y gorau i drin y deiliach letys.

"Beth wyt ti'n feddwl 'adre'? Pwy ti'n meddwl sy'n mynd i edrych ar dy ôl di?"

"'Wy'n gallu edrych ar ôl fy hunan."

"Paid â bod yn sofft. Aros i drafod hyn dros swper. Mae macrell 'da fi," meddai gan gymryd cip ar y creadur i wneud yn siŵr nad oedd hwnnw wedi penderfynu dianc hefyd.

"Dw i'n casáu pysgod. Mae'n bryd i fi adael."

"'Wedest ti ddim. Sdim ots. Mae digonedd o ham yma, neu alla i roi cyw iâr yn y ffwrn, fydda i ddim whincad..."

Daeth sŵn sgrialu o'r dreif caregog y tu fas wrth i dacsi ddod i stop. Roedd hi'n amlwg ei fod o ddifri. Dechreuodd Richie gerdded tuag at y drws.

"Richard, alli di ddim mynd. Dim nawr. Dim ar ôl popeth."

Datglôdd Richie'r drws yn barod i adael.

"'Wy'n dy garu di. Ers dros ugain mlynedd!" ymbiliodd Catrin.

"Mae'r tacsi'n disgwyl," atebodd Richie.

"Os ei di nawr, paid â disgwyl croeso byth 'to! A phaid â chredu y bydd swydd i ti pan fyddi di wedi dod dros y pwl dwl 'ma."

"Gei di stwffo dy swydd!"

Agorodd y drws rhag i'r gyrrwr tacsi golli'i amynedd. Roedd hi'n wlyb ac yn wyntog, y math o noson y byddai'r byd a'i wraig eisiau tacsi.

"Pam wyt ti'n fy ngwrthod i eto, Richard?" ymbiliodd Catrin.

"Achos mod i'n hoyw," atebodd gan gau sip ei siaced i'r top yn barod i wynebu'r ddrycin.

Er bod cant a mil o resymau eraill hefyd, gwyddai mai dyna'r unig reswm fyddai'n cau ei cheg unwaith ac am byth. Doedd Richie erioed wedi yngan y geiriau hynny o'r blaen wrth yr un enaid byw. Disgwyliai deimlo rhyw ryddhad mawr o allu eu dweud, ond roedd yn llawer llai o beth nag a feddyliai.

"O ble wyt ti'n meddwl doth Andrew, 'te?"

Trodd Richie i'w hwynebu.

"Do't ti ddim yn hoyw pan 'nest ti ddod â fe i'r byd!"

Edrychai Catrin arno'n gyhuddgar. Canodd y gyrrwr tacsi ei gorn unwaith eto. Gadawodd Richie gan gau'r drws yn glep ar ei ôl, heb wybod beth i'w gredu.

Agorodd Catrin y drws drachefn, gan daflu golau cynnes i'r nos. Safai wrth y rhiniog a'i gŵn gwisgo yn fflapio yn y gwynt gan estyn ymbarél fawr amryliw i Richie, heb yngan gair. Gwyddai y gallai ei wìg hedfan i ebargofiant ar noson mor ffiaidd. Cymerodd Richie hi, heb ddiolch. Roedd yr ymbarél yn un o gannoedd a argraffwyd gydag enw Richie arni er mwyn hyrwyddo'r rhaglen ac, wrth reswm, fe blygodd bob siâp yn y gwynt cryf.

Neidiodd Richie i gefn y cerbyd gan ddiawlio'r sgerbwd ymbarél diferol, da i ddim yn ei law. Sgrialodd y tacsi oddi yno'n reit handi a rhoddodd y dyn y mesurydd i droi'n syth, heb hidio taten am les ei gwsmer. Pethau di-serch fu gyrwyr tacsis erioed. Roedden nhw wedi dysgu i anwybyddu'r hyn ddigwyddai yn y sedd gefn – y dagrau a'r gafael dwylo, y torri gwynt a'r torri calon.

Sylwodd Richie fod hwn yn ei lygadu yn ei ddrych. Ymhen hir a hwyr, dyma fe'n gofyn:

"Ti oedd Richie Edwards, ie?"

Gwenodd Richie.

"Ydy hynny'n meddwl ga i ddisgownt?" holodd yn obeithiol.

"Na, mae'n meddwl 'mod i'n disgwyl tip," atebodd y gyrrwr yn surbwch.

Pan gyrhaeddodd yn ôl i'w gartref fel rhyw gwrcath gwlyb, aeth yn ddiymdroi i danio'r gwresogydd i gynhesu'r dŵr i ymlochi. Roedd y tŷ ar ei dawelaf erioed gan fod ei fam wastad wedi bod gartref yn y blynyddoedd diwethaf a'i bod yn tuchan ddydd a nos, wrth ddringo'r grisiau ac wrth fynd o gwmpas ei phethau yn y gegin. Roedd hi hyd yn oed yn chwyrnu fel peiriant torri lawnt wrth bendwmpian yn ei chadair.

Roedd Dave wedi crybwyll wrtho dros y ffôn mai ar Classic FM fyddai e'n gwrando, felly aeth Richie i chwilio am y briod orsaf ar y radio fach. Wrth ddisgwyl i'r dŵr dwymo, daeth awydd arno i dorchi ei lewys a glanhau'r stafell ymolchi i gyfeiliant 'Bolero' gan Ravel. Sgwriodd flynyddoedd o fudreddi o'r twb nes bod ei dalcen yn chwys i gyd.

Disgwyliodd nes bod yno lond tanc o ddŵr poeth cyn rhedeg bath. Er nad oedd bybls bach yn tarddu o waelod y bath hwn, dim rhai bwriadol beth bynnag, ac er nad oedd ganddo drwch o swigod, teimlai ryw ryddid na theimlodd erioed o'r blaen wrth ddiosg ei wig a suddo i'r dŵr wrth i'r gerddorfa fynd i hwyl y darn. Teimlai'n hapusach yn ei groen nag y gwnaeth ers blynyddoedd er bod y bath wedi mynd yn rhy fach iddo ers ei arhosiad ym Mhlas y Bryn. Roedd y bath yno'n ddigon mawr i foddi morfil. Edrychai ymlaen at gysgu yn ei wely ei hun, anghyfforddus neu beidio, o leiaf byddai adre, lle roedd yn perthyn. I bwy neu i beth, wyddai e ddim. Câi wneud fel y mynnai, a'r peth cyntaf roedd yn bwriadu ei wneud oedd rhoi caniad i Dave, a fyddai'n dechrau ei shifft nos am naw.

Deuawd ddedwydd?

Drannoeth, teithiodd Alaw i'r gwaith mewn steil yng ngherbyd Tony. Roedd wedi cael car newydd ers y trip i Langeitho. Doedd yr un o'r ddau wedi cysgu rhyw lawer. Cafodd Alaw ei hunllef arferol lle credai ei bod ar yr awyr a bod problem dechnegol. Cododd ar ei heistedd, gan gredu mai'r tawelwch yn y stafell oedd yn cael ei ddarlledu. Ond cafodd ei darbwyllo'n gynt na'r arfer fod popeth yn iawn pan glywodd anadl Tony yn gysur yn ei hymyl.

Gwnaeth Alaw yn siŵr fod Tony'n mynd am fwgyn wedi ei gollwng yn y gwaith, ac yn cyrraedd yn hwyrach na hi, rhag i Ffion amau'r garwriaeth newydd. Bu'n rhaid iddi droedio'n ofalus wrth sôn am yr angladd hefyd, gan ddweud pob manylyn am Catrin a Richie heb yngan gair amdani hi a Tony. Roedd yn gas ganddi ddweud celwydd, felly gorau po gyntaf y byddai'r gyfrinach yn cael ei datgelu, meddyliodd Alaw.

Yn ystod newyddion naw, cafodd Tony e-bost annisgwyl.

"Mae Fat Cat moyn fy rhoi i ar gytundeb tri mis," meddai wrth Alaw.

"Mae'n rhaid nad yw Richie'n dod 'nôl, 'te. Ond ro'dd e'n edrych mor dda ddoe."

"Wyt ti wedi cael neges hefyd?"

"Naddo, mae'n swydd i'n barhaol."

"Mae'r cytundeb ar ei desg hi, yn barod i'w arwyddo."

"Mae'n edrych yn debyg mai fel hyn fydd hi, 'te. Mae'n rhaid ein bod ni'n dîm da! *Bore da, Tony ac Alaw* am byth!"

"Wel, tri mis o leia," atebodd Tony a dechreuodd Alaw fwytho ei goes o dan y bwrdd yn ddrygionus. Roedd rhaid iddyn nhw fod mor ofalus gan nad oedd Ffion fyth ymhell.

"O, mae hi wir yn fore da i ni'n dau heddiw. Cer lan i'w arwyddo fe nawr os ti moyn. Bydda i'n iawn fan hyn am dipyn. A gwna'n siŵr dy fod ti'n cael clywed beth yw hanes Richie!" Gadawodd Tony'r stiwdio gan chwythu cusan i Ffion ar ei ffordd, allan o olwg Alaw wrth gwrs. Wnaeth Ffion ddim codi ei phen, roedd hi wedi hen arfer ag e erbyn hyn.

Galwodd Alaw arni i ddod o'r ystafell gynhyrchu i glywed y newyddion.

"Dyw e ddim yn dod 'nôl."

"Pwy?"

"Richie. Mae'n rhaid bod rhywbeth mowr wedi digwydd achos ma Tony newydd gael tri mis o gytundeb."

"Yn cyflwyno, 'da ti?"

"Ie, mae e'n benderfyniad braidd yn od, achos byddet ti'n meddwl y bydde Fat Cat wedi hysbysebu'r swydd er mwyn cael rhywun arall yn yr hir dymor."

"Ond ma Fat Cat yn rhy ddiog. Wnaeth hi ddim hysbysebu fy swydd i, naddo? Ac ma Tony wedi gwella rhywfaint, ti'm yn meddwl?" gofynnodd Ffion. Ers iddi ddod i wybod am eu perthynas, ar ôl y darllediad allanol yn Llangeitho, doedd hi ddim eisiau lladd ar y dyn yn ormodol rhag ypsetio Alaw ond doedd hi ddim eisiau bod yn amheus o garedig wrth sôn amdano chwaith.

"Odi, ti sy'n iawn, siŵr o fod. Mae angen rhoi mwy o gyfrifoldeb iddo fe, os yw e yma i aros, i reoli'r ddesg i ddechre. Rwyt ti a fi wedi bod yn 'i gario fe hyd yn hyn."

"Ti'n iawn. Ti'n gwneud llwyth o lincs ar dy ben dy hunan tra'i fod e mas yn cael mwgyn. Wel, dyle fe allu gwneud yr un peth i ti pan wyt ti angen gadael y stiwdio."

Yn ddiweddarach y bore hwnnw, penderfynodd Alaw roi ei chynllun newydd ar waith. Dywedodd wrth Tony ei bod hi angen mynd i'r tŷ bach a rhoddodd ddwy gân yn barod i'w chwarae gefn wrth gefn. Y cyfan roedd angen iddo'i wneud oedd gwasgu botwm er mwyn chwarae'r ail gân pan fyddai'r gyntaf ar ben. Roedd Tony fel petai wedi deall y cyfarwyddiadau'n iawn a mentrodd Alaw i'r tŷ bach gan fynd â'i radio fach gyda hi, yn ôl ei harfer.

Ar ganol y gân gyntaf, llamodd ei chalon pan glywodd lais Tony drwy'r radio, yn siarad dros y gân. Roedd hi ar y pan ar y pryd. Roedd Tony yn amlwg wedi drysu rhwng yr ymdoddwr oedd yn agor y meic i ddarlledu ei lais yn fyw ar yr awyr, a'r ymdoddwr oedd yn agor y meic i siarad â Ffion yn yr ystafell gynhyrchu.

"Ffion?" meddai Tony. Oedodd Alaw am eiliad, rhag ofn mai wedi dychmygu'r peth oedd hi.

"Ie," atebodd Ffion yn betrus i'r meicroffon yn yr ystafell gynhyrchu, heb sylweddoli bod yr hyn roedd Tony yn ei ddweud yn mynd yn syth ar yr awyr. Dim ond Tony yn y stiwdio oedd yn ei chlywed hi.

"'Wy mor horni." Cododd Alaw ei nics a'i throwsus, a heb drafferthu cau'r botwm, fflysio na golchi ei dwylo, rhedodd o'r tŷ bach i gyfeiriad y stiwdio.

"Cer i grafu, Tony!" atebodd Ffion. Gallai hi feddwl am eiriau tipyn cryfach ond roedd hi'n parchu'r rheol gyffredinol na ddylid rhegi wrth weithio mewn stiwdio.

"O, dere mlan." Roedd llais Tony yn dal i gael ei ddarlledu ac Alaw yn rhedeg fel mellten lawr y coridor hir.

"Fe ddweda i wrth Alaw," meddai Ffion.

Chwarddodd Tony.

"Alaw Mai! Ddwedodd hi wrtha i neithiwr nad oedd hi wedi cysgu gyda neb cyn fi."

Ar yr eiliad honno, sylweddolodd Ffion fod meicroffon Tony ar agor a bod y cyfan roedd e newydd ei ddweud wedi ei ddarlledu i'r byd a'r betws. Neidiodd Ffion o'i sedd a rhedeg am y stiwdio ond parhau i siarad wnaeth Tony, heb sylweddoli.

"Ffion. Be ti'n neud? Be sy?"

Hyrddiodd Ffion ddrws y stiwdio ar agor a deifio i gau'r ymdoddwr. Daeth Alaw i wrthdrawiad â Catrin ar gornel wrth i'r ddwy redeg am y stiwdio. Bownsiodd Alaw oddi arni. Sylweddolodd y ddwy fod Ffion wedi llwyddo i gau'r meicroffon o'u blaenau a bod y gân bellach yn chwarae fel yr oedd hi i fod. Caeodd Alaw fotwm ei throwsus.

"Mae e wedi'i gwneud hi'r tro 'ma!" meddai Catrin yn fyr ei hanadl a martsiodd y ddwy i'r stiwdio.

"Shwt fuest ti mor flêr?" gwaeddodd Catrin ar Tony. Roedd Tony'n brathu ei wefus isaf a Ffion yn wyn fel y galchen. Cymerodd Catrin gip ar y cyfrifiadur a gwasgodd y botwm i sicrhau bod y gân nesaf yn mynd i chwarae'n awtomatig wedi'r gân gyfredol.

"Sneb wedi marw, ac o leiaf mae'n profi bod y rhaglen yn fyw," cynigiodd Tony'n gysur. Roedd y ffôn yn boeth yn yr ystafell gynhyrchu. Trodd Catrin at Alaw, yr unig un allai ddatrys y sefyllfa.

"Fi'n deall dy fod ti'n ypsét, ond mae 'da ni jyst o dan bedair munud i feddwl shwt ni'n mynd i ddelio â'r llanast 'ma." Anwybyddodd Alaw hi, am y tro cyntaf erioed.

"Ffion ti moyn nesa 'de?" holodd Alaw. "Neu falle'ch bod chi wedi bod wrthi'n barod. Odych chi?"

"Nagyn, Alaw, wir yr. Mae e jyst wedi bod yn rêl poen, ar fy ôl i o hyd. Ddylen i fod wedi gweud, ond o'n i ofan," atebodd Ffion yn daer.

"Bydd rhaid i ni wneud ymddiheuriad ar yr awyr. Esbonio bod camgymeriad wedi digwydd. Alaw, mi wyt ti'n dda gyda phethe fel hyn..." meddai Catrin.

"Alla i ddim credu bod 'da chi'r wyneb..."

"Mae e fel cael damwain car. Y peth gore alli di wneud yw mynd yn syth 'nôl ar yr awyr ac esgus nad oes dim byd o'i le. Sdim rhaid gwneud ymddiheuriad os nag wyt ti'n moyn. Caria mlaen fel tase dim 'di digwydd. Dangosa iddyn nhw dy fod ti'n broffesiynol, yn gallu ymdopi. Dangosa iddyn nhw pam mai ti yw'r ddarlledwraig sydd ar oriau brig yr orsaf 'ma. Pâr saff o ddwylo."

"Na."

"Bydd rhaid i ti fynd 'nôl ar yr awyr yn hwyr neu'n hwyrach!"

"Byddwch chi'n iawn. Mae Tony yma i gymryd yr awenau nawr. Mae e wedi arwyddo am dri mis!"

"Elli di ddim jyst mynd. Heb roi rhybudd. Y peth gwaethaf y gallet ti wneud yw diflannu. Bydd hynny'n tynnu lot mwy o sylw at y peth."

Edrychodd Alaw arni'n amheus.

"'Drych, mae Tony wedi dangos i ni i gyd y bore 'ma nad yw e'n ffit i fod o fewn milltir i'r meic a, cred ti fi, bydde dim yn rhoi mwy o bleser i fi na'i wahardd e oddi ar donfeddi'r orsaf 'ma unwaith ac am byth. Ond sdim dewis ond cario mlaen fel y'n ni. Os wnewn ni fôr a mynydd o'r peth, dyna'n union fydd y cyfrynge yn ei wneud..."

Estynnodd Alaw ei bag llaw a'i ffôn symudol oddi ar y ddesg.

"'Wy'n deall eich gêm chi'n iawn. Alaw Mai, bydd hi'n ddigon bodlon arbed ein croen ni. Wel, 'wy wedi cael digon o lanhau cachu pawb! Chi yw'r bòs, Catrin. Chi sy'n cael eich talu filoedd ar filoedd i ddelio â phethe fel hyn, felly am unwaith, bydd rhaid i chi godi oddi ar eich tin mawr tew a neud rhywbeth. Trueni nad yw'r meic ar agor nawr i'r gwir i gyd gael dod mas!"

"Pymtheg eiliad," sibrydodd Ffion Medi, oedd yn cael cathod bach wrth weld y gân yn dod i ben.

"Paid becso, 'wy'n mynd!" cyhoeddodd Alaw gan frasgamu oddi yno. Rhedodd Ffion ar ei hôl.

"Do'dd dim byd yn mynd mlan rhwng Tony a fi. 'Wy'n addo. Plis creda fi," gwaeddodd Ffion ar ei hôl cyn ildio a dychwelyd i'w lle arferol. Roedd y ffôn wedi bod yn canu yno ers meitin. Penderfynodd beidio â'i ateb tan y câi hi gyfarwyddiadau pellach. Distewodd y gân, a'r llais nesaf glywyd ar draws y tonfeddi oedd llais Catrin am y tro cyntaf ers blynyddoedd mawr. Roedd hi heb fod ar yr awyr ers yr adeg roedd hi a Richie'n cyflwyno *Bore Da, Bawb* slawer dydd.

"Ry'ch chi'n gwrando ar Pawb FM a hithau'n tynnu at ugain munud wedi deg. Ry'n ni'n cael rhywfaint o broblemau technegol yma ar hyn o bryd ond arhoswch gyda ni. Ry'n ni'n ceisio adfer y sefyllfa. Yn y cyfamser, dyma'r hysbysebion."

Dechreuodd Alaw gerdded i gyfeiriad ei chartref ar ras. Roedd hi wedi disgwyl cael lifft adre gan Tony wrth gwrs. Gwelodd ei gar yn ddisglair yn y maes parcio a'i rif cofrestru personol yn crechwenu arni. Cafodd ei thynnu tuag ato a chrafodd linell ddofn ar ei hyd ag allwedd ei drws ffrynt, gan fwynhau sŵn y sgrech yn sgrialu'r paent dilychwin. Roedd pobol ar hyd y lle wedi sylwi arni ond doedd dim taten o ots ganddi. Dechreuodd redeg am adre.

Daeth Catrin a Tony i ben â chynnal y rhaglen tan un ar ddeg a derbyniodd Ffion sawl galwad gan ffans Alaw Mai yn holi am ei diflaniad. Gwnaeth Ffion nodyn o'r galwadau ac fe anfonodd fanylion pob un ar e-bost i gyfrif personol Alaw mewn ymgais i godi'i chalon, neu er mwyn ei denu hi 'nôl hyd yn oed.

Yr eiliad y daeth y rhaglen i ben, sylweddolodd Catrin ei bod hi'n ysu am fwgyn, er ei bod hi wedi rhoi'r gorau i smocio er pan oedd hi'n disgwyl Andrew. Roedd y bore wedi ei hatgoffa pam y rhoddodd y gorau i ddarlledu. Cafodd fenthyg sigarét gan Tony ac aeth y ddau i bwffian ar y cyd yn yr ardal benodedig. Roedd criw wedi ymgynnull yno o'u blaenau ond fe ddistewon nhw'n ddigon buan wrth weld y ddau'n dynesu. Trafod camgymeriad diweddaraf Tony oedden nhw. Y camgymeriad oedd wedi cael ei anfon fel clip sain ar e-bost ar draws yr adeilad a'i ledaenu ar draws y wlad trwy gyfrwng Facebook a Twitter.

Diwedd y byd

Roedd Alaw heb redeg mor bell ers dyddiau ysgol, felly doedd fawr o syndod bod ei hwyneb yn chwilboeth a'i bod yn chwys diferol erbyn cyrraedd adre. Synnodd ei bod wedi gallu ei gwneud hi'r holl ffordd ond roedd ei dicter tuag at Tony fel pe bai'n ei chynnal bob cam. Synnodd ei bod wedi gallu magu'r plwc i ddifrodi ei gar. Gallai ddweud wrth Catrin fod ganddi din tew, ond doedd dim y gallai ei ddweud wrth Tony fyddai'n brifo'i deimladau. Roedd bron iawn yn ymfalchïo yn y ffaith ei fod yn ddihiryn o ferchetwr felly roedd yn rhaid iddi fodloni ar ei hymgais dila i dalu'r pwyth yn ôl.

Clodd y drws y tu ôl iddi ac aros am ennyd i gael ei gwynt ati. Roedd to'r gegin yn dal i ddiferu felly rhedodd i'w gwely i guddio o'i dwrw. Roedd y tŷ'n oer, gan nad oedd y gwres wedi ei raglennu i gynnau tan y byddai Alaw'n dychwelyd o'i gwaith, ac roedd oriau tan hynny. Estynnodd am ei Bwni Binc o waelod y gwely a chyrlio'n bêl. Roedd hi'n ysu am gael crio ond ddaeth y dagrau ddim tan iddi glywed arogl hyfryd Tony ar ei gobennydd.

Ceisiodd gofio union eiriau Tony. "Ddwedodd hi wrtha i neithiwr nad oedd hi wedi cysgu gyda neb cyn fi." Doedd dim byd gwaeth y gallai fod wedi'i ddweud amdani. Nid yn unig y byddai pawb yn gwybod ei bod hi'n wyryf, yn bwrw am ei deugain oed, ond roedd pawb hefyd yn gwybod ei bod wedi cysgu gyda Tony Mahoney o bawb! Gwyddai y byddai'r stori'n dew erbyn hyn. Byddai pawb yn Pawb FM wedi clywed a byddai'r gorsafoedd eraill wrth eu boddau fod eu cystadleuwyr wedi gwneud ffasiwn smonach. Arni hi fyddai'r jôc, nid Tony. Roedd yn iawn i gyn-bêl-droediwr ddweud ei fod yn horni ar yr awyr ond roedd yr embaras iddi hi'n llawer gwaeth. Ond y gwir amdani oedd nad oedd ganddi neb i'w feio ond hi ei hun am ddweud ei chyfrinach wrtho yn y lle cyntaf.

Byddai wedi bod yn dda gan Alaw pe bai'r gwely wedi ei llyncu. Allai hi ddim meddwl wynebu pobol. Byddai'n rhaid iddi symud i rywle pell, lle byddai neb wedi clywed y clip. Awstralia o bosib. Efallai y byddai'n syniad iddi newid ei henw hefyd. Clywodd sŵn y trên yn pasio a dechreuodd feddwl am ffyrdd haws o ddianc o'r sefyllfa unwaith ac am byth. Ystyriodd gynnwys ei bocs moddion. Ond go brin fod ganddi unrhyw beth fyddai'n ddigon cryf i wneud y gwaith, dim ond rhyw dabledi fitaminau a thabledi i wella'i chroen. Roedd hi'n iach fel cneuen a phrin wedi colli diwrnod o waith nac ysgol erioed. Cofiodd fod ganddi dabledi lladd poen yn ei bag llaw ers yr anaf yn Nhregarth. Cododd ar ei heistedd, estyn ei bag a'u cyfri. Dim ond pump oedd yno ond fe'u llyncodd nhw un ar ôl y llall. Gorweddodd yno gan ddisgwyl i rywbeth ddigwydd. Daeth trên arall heibio. Ac un arall, ac un arall. Sylweddolodd mai neidio ar y trên yn hytrach na neidio o'i flaen oedd hi eisiau ei wneud mewn gwirionedd. Dechreuodd boeni am y tabledi roedd hi eisoes wedi'u llyncu.

Roedd yn rhaid iddi siarad â rhywun. Estynnodd ei

ffôn. Dangosai'r sgrin fod Ffion wedi ceisio cael gafael ynddi chwech o weithiau. Doedd dim amdani ond rhoi caniad i linell ffôn Clust i Wrando. Os oedd rhywun mewn trybini ac angen cefnogaeth, hi oedd honno. Doedd hi ddim wedi ffonio'r un linell gymorth ers ei bod hi'n groten fach, pan oedd hi a Delun yn ffonio Childline am hwyl, cyn cael coblyn o bryd o dafod. Gladys Mair atebodd a phenderfynodd Alaw ddweud pwy oedd hi yn syth. Doedd dim lle i falchder heddiw, o bob diwrnod.

Gwrandawodd Gladys wrth i Alaw fwrw'i bol. Dywedodd am y tabledi lladd poen ac roedd Gladys wrthi'n ceisio ei hargyhoeddi i fynd i weld y doctor pan glywodd Alaw gnoc ar y drws. Delun oedd yno. Roedd hi wedi clywed y cyfan, wedi gollwng y plant gyda'u mam-gu ac wedi dod draw yn syth. Roedd Delun ac Alaw wastad wedi helpu'i gilydd ond gwyddai Delun fod ganddi her a hanner o'i blaen y tro hwn. Roedd hi wedi gweld digon o gleifion oedd wedi cymryd gorddos yn yr uned ddamweiniau i wybod na fyddai pum Panadol yn gwneud fawr o ddrwg i neb. Gwnaeth Delun baned ac fe swatiodd y ddwy yn y gwely gyda Bwni Binc fel slawer dydd. Roedd Delun gyda hi, felly gwyddai Alaw fod popeth yn mynd i fod yn iawn.

Pen tennyn

Ar ôl deuddydd yn unig o godi'n gynnar i gyflwyno *Bore da, Bawb* roedd Catrin wedi cael digon. Roedd hi wedi anghofio gymaint o straen oedd bod yn serchog. Cyn gynted ag y gorffennodd ei shifft fore Gwener, rhoddodd ei balchder o'r neilltu ac aeth draw i weld Richie. Cafodd drafferth adnabod ei dŷ gan fod y drws ffrynt wedi cael cot o baent piws tywyll ac roedd rhif y tŷ'n sgleinio arno. Roedd yr arwydd oedd yn dweud nad oedd croeso i werthwyr, crefyddwyr nac elusennau wedi'i dynnu lawr. Atebodd Richie'r drws a daeth arogl paent ffres a chanhwyllau peraroglus i'w ffroenau. Roedd Richie wedi diosg ei wìg, ac roedd hynny o wallt brith oedd ganddo wedi ei eillio. Gwisgai hen grys a throwsus oedd yn baent i gyd. Roedd y ffaith iddo ollwng diferion o baent ar ei wìg yn ystod ei ddiwrnod cyntaf o beintio wedi ei orfodi i ddadorchuddio'i gorun moel.

"Richard, shwt wyt ti?" holodd Catrin, wedi ei thaflu oddi ar ei hechel braidd gan ei ben. Daliodd Richie ei droed y tu ôl i'r drws er mwyn ei hatal rhag gwthio'i ffordd i mewn.

"Iawn. Tithe?" holodd Richie.

"Ydw, ti'n edrych yn dda... meddwl cael gair..." Dechreuodd wthio'r drws ond sylweddolodd fod troed Richie yn ei ffordd. "Alla i ddod i mewn?"

"Dyw hi ddim yn amser da..."

"Pam?"

"'Wy'n brysur."

"Moyn trafod gwaith o'n i…"

"Ie?" holodd Richie'n ddiamynedd.

"Fyddet ti'n ystyried…"

"Na."

"Smo ti'n gwybod beth o'n i'n mynd i gynnig 'to…"

"Pwy sy 'na?" Adnabu Catrin lais ei mab yn dod o'r gegin gefn.

"Andrew?!" bloeddiodd gan wthio Richie o'r ffordd a mynd i'r stafell fyw. Roedd y stafell wedi ei thrawsnewid ond yn edrych yn gyfarwydd. Cofiodd wedyn mai efelychiad o glawr rhifyn y mis diwethaf o *Ideal Homes* ydoedd. Roedd yr hen gelfi a'r drewdod wedi diflannu a chelfi newydd moethus yn eu lle. Roedd tair o'r welydd wedi'u peintio'n wyn ac un wal fawr yn biws tywyll ac roedd soffa glustogog yng nghanol y stafell. Wrth y bwrdd bwyd, eisteddai Andrew gyda bwrdd gwyddbwyll ar hanner gêm o'i flaen. Trodd Catrin i edrych ar Richie gyda mellt yn ei llygaid gwyrdd.

"Beth yw hyn?" gofynnodd.

"Mae Andrew wedi dod am gêm o wyddbwyll, dyna i gyd."

"Doedd dim hawl 'da ti, Richard. Fi, a neb arall, oedd fod i ddweud wrtho fe," bytheiriodd.

"Dweud beth?" holodd Andrew.

"Wel, os wyt ti mor awyddus â hynny, dyma dy gyfle di…" sibrydodd Richie wrthi.

"Dyw e ddim yn gwybod?" holodd Catrin yn ddistewach. Ysgydwodd hwnnw ei ben.

"*Oh my God!*" ebychodd gan ollwng ei hun i'r soffa newydd. Gobeithiai Richie y byddai ei gelficyn annwyl yn ymdopi â'r llwyth.

"Be sy, Mam?" holodd Andrew gan droi tuag ati. Cymerodd Catrin anadl ddofn.

"Fi'n deall falle bydd hyn yn sioc i ti ac yn beth mawr i ti ddelio ag e. Falle y byddi di'n teimlo y dylen i fod wedi dweud wrthot ti'n gynt, ond mae amgylchiadau wedi newid..."

Edrychodd Andrew arni'n ddiamynedd.

"Andrew, Richard yw dy dad di."

Cymerodd Andrew eiliad neu ddwy i dreulio'r wybodaeth.

"Ond, ti'n hoyw," meddai Andrew wrtho gan grychu ei dalcen.

"O, wedest ti *hynny* wrtho fe!"

"Naddo," gwadodd Richie.

"C'mon Mam, mae pawb yng Nghymru yn gwbod."

"Wel, do'dd e ddim pan gwrddes i â fe, iawn!" atebodd Catrin gan godi ei llais.

"Chi'n afiach!" meddai Andrew gan ruthro allan.

"Paid â gweud hyn wrth neb!" rhybuddiodd Catrin er na chaech chi fachgen mwy tawedog nag Andrew.

Caeodd y drws ffrynt yn glep a disgynnodd y rhif aur newydd ar y llawr. Sylweddolodd Richie fod ganddo dipyn i'w ddysgu am *DIY*, ymysg pethau eraill.

Cyfeillgarwch

Roedd y dyddiau'n byrhau a'r nosau'n oeri ac roedd Alaw Mai wedi dechrau gwisgo siwmperi June Jones i'r gwely. Efallai eu bod nhw'n bethau hyll, ond roedden nhw'n gynnes braf a gallai Alaw orchuddio'i bawd gyda gwlân y llawes a'i sugno wrth fynd i gysgu, fel yr arferai wneud pan oedd hi'n fach.

Allai Delun ddim dioddef meddwl am Alaw ar ei phen ei hun, felly fe'i perswadiodd i symud atyn nhw tan iddi ddod at ei hun. Cafodd gysgu ar waelod y gwely bync yn stafell y merched tra bo'r ddwy fach yn cysgu uwch ei phen. Er i'r ddwy gael eu siarsio i beidio â tharfu ar Alaw, byddai un, os nad y ddwy, yn dringo at Alaw a'r Bwni Binc rhyw ben bob nos.

Yn ei dyddiau cyntaf o ddiweithdra, byddai Alaw'n deffro'n ddigymell cyn pump bob bore ac yn gwrando ar Catrin a Tony ar ei chlustffonau wrth geisio mynd 'nôl i gysgu ond, ar ôl tipyn, llwyddodd i ddadwneud patrwm blynyddoedd a dysgodd ei hun i gysgu'n hwyr. Hynny yw, tan i'r plant godi i fynd i'r ysgol. Pan fyddai'r tŷ yn wag yn ystod y dydd, byddai'n gwylio'r teledu ac yn diolch y byddai mwy o bethau diddorol ar y bocs gyda'r Nadolig yn nesáu.

Wnaeth hi ddim ymlwybro o'i gwely tan toc wedi un ar ddeg un bore ac wrth ddisgwyl i'r tegell ferwi gwelodd fod

Delun wedi gadael hysbyseb swydd oedd yn y papur at ei sylw ar fwrdd y gegin.

Roedd Clust i Wrando Cymru yn chwilio am Gydlynydd Ymgyrchoedd. Roedden nhw angen person brwdfrydig a allai ddechrau ar unwaith i ofalu am ymgyrch newydd yr elusen o fis Ionawr ymlaen. Ymgyrch yn benodol i annog dynion canol oed i gysylltu, gan fod ystadegau'n dangos mai dyna'r garfan oedd fwyaf tebygol o gyflawni hunanladdiad. Roedd y cyflog yn ddigon derbyniol a byddai gofyn i'r ymgeisydd llwyddiannus ateb y ffôn yn achlysurol hefyd. Doedd Alaw erioed wedi ystyried gweithio i elusen o'r blaen, ond doedd hi erioed wedi dychmygu ei hun yn gwneud dim, ond bod yn enwog. Roedd ganddi brofiad helaeth o ddelio â phobl a chanddynt broblemau ar y ffôn yn Pawb FM ac roedd hi'n siŵr ei bod hi'n ddigon trefnus i arwain ymgyrchoedd.

Gan fod ganddi'r tŷ i gyd iddi hi ei hun, penderfynodd fanteisio ar y cyfle i wneud ychydig o lanhau. Roedd hi wedi bod yn byw gyda Delun ers bron i wythnos erbyn hyn a doedd hi ond yn deg ei bod hi'n tynnu ei phwysau.

Roedd Alaw'n gwisgo'i throwsus pyjamas, siwmper June Jones a phâr o fenig rwber melyn pan ganodd cloch y drws. Tybiodd mai Delun oedd yno, wedi gadael heb ei hallwedd. Camodd dros yr hwfer bach yn y cyntedd cyn ymlwybro'n ddiamynedd at y drws. Yno safai Ffion Medi, yn gafael yn nerfus mewn bag o bost.

"Shwt o't ti'n gwybod mai fan hyn o'n i?" holodd Alaw.

"'Nes i ddod o hyd i rif Delun yn y bas data yn y gwaith. Gymerodd hi ran mewn rhyw gystadleuaeth sbel 'nôl. Wyt ti'n brysur? Alla i ddod i fewn?" holodd Ffion.

Amneidiodd Alaw arni i ddod i'r lolfa. Y stafell honno roedd hi wedi bwriadu ei thaclo nesaf. Roedd y lle'n edrych fel cynefin mwncïod. Roedd teganau blith draphlith ar hyd y llawr, llestri tsieina a phlastig yn addurno'r sil ffenest, y silff ben tân a'r bwrdd coffi, a chroen sawl banana yma ac acw. Eisteddodd y ddwy'n ofalus ar gorneli clir o'r soffa.

"'Wy wedi dod â dy bost i ti," meddai Ffion gan basio'r cwdyn i Alaw.

"Mae dy siwmper flynyddol di a Richie o Dregarth yno. Fe ffoniodd Janice i ddweud eu bod nhw ar y ffordd. Soniodd fod ei mam wedi marw cyn cael cyfle i'w gorffen nhw'n iawn. Ac mae 'na eitem werthfawr yn y parsel hefyd. Ro'dd rhaid i fi arwyddo amdano fe."

Gwenodd Alaw.

"Mae pawb yn y swyddfa wedi bod yn holi amdanot ti. Lot o wrandawyr yn holi ar y ffôn…"

"Chwerthin am fy mhen i, siŵr o fod…" Tynnodd Alaw'r menig melyn a chofleidio ei phengliniau mewn ymgais i guddio'r wisg nad oedd yn gwneud dim i'w hygrededd.

"Na, dy'n nhw ddim. Mae'r peth yn hen hanes iddyn nhw." Dechreuodd Alaw gasglu'r darnau jig-so oedd ar hyd y soffa.

"Alaw, 'wy moyn i ni fod yn ffrindie 'to," meddai Ffion. Gwenodd Alaw. Doedd di ddim mewn sefyllfa i golli ffrind, a hwythau mor brin.

"Sa i'n grac 'da ti. 'Nest ti ddim byd o'i le. Ei fai e yw hyn i gyd."

"'Nest ti ddim tecsto fi 'nôl. O'n i'n becso."

"Sori. O'dd bai arna i."

"Mae'n iawn."

"Ti'n aeddfed iawn am dy oedran, Ffion. Dw i'n angofio weithie dy fod ti dros ddegawd yn iau na fi."

Wnaeth Ffion ddim ymateb a dechreuodd Alaw dwrio drwy'r post.

"Sa i'n gwbod beth wna i â siwmper Richie. Wyt ti wedi clywed rhywbeth o'i hanes e?"

"Dim smic, cofia, a sa i wedi mentro holi i Catrin. Mae hwyliau cythreulig arni y dyddie hyn."

"O?"

"Dyw hi ddim yn rhy hoff o godi'n fore felly mae croen ei thin hi ar ei thalcen hi o hyd."

"Lot o groen," ategodd Alaw. Gwenodd Ffion.

"Mae hi'n trio dod o hyd i rywun arall i gyflwyno gyda Tony…"

"Wel dyw hi ddim haws o ddod i ofyn i fi," torrodd Alaw ar ei thraws.

"Mae hi wedi gofyn i fi."

Gadawodd Ffion y geiriau'n rhydd i'r stafell, heb wybod sut ymateb y câi. Roedd hi wedi bwriadu gadael y cyhoeddiad tan yn hwyrach yn y sgwrs, wedi i'r ddwy gymodi'n iawn ond allai hi ddim dioddef y wybodaeth yn corddi yn ei chrombil.

Doedd Alaw ddim yn siŵr beth barodd fwyaf o syndod iddi – ffaith ynddi'i hun neu'r ffaith fod Ffion wedi cyfaddef. Roedd Ffion yn llawer rhy ifanc a dibrofiad i gyflwyno sioe fore'r orsaf ond roedd Catrin yn llawer rhy ddiog i chwilio am rywun arall.

"Wyt ti am dderbyn?" holodd Alaw, mor niwtral â phosib.

"Beth wyt ti'n meddwl dylwn i neud?"

"Dyw hi ddim yn sefyllfa ddelfrydol ond mae'n gyfle da."

"Fyddi di ddim dicach?"

"Na."

"Ond beth am Tony?"

"Dwyt ti ddim mor ddwl â fi. Fel ddwedes i, ti'n aeddfed."

"Ond mae ofn arna i," cyfaddefodd Ffion.

"Sdim angen i ti fod ofn Fat Cat, ti'n gwbod. Medde fi, a dreuliodd flynydde maith yn ei hosgoi hi! Tu fas i'r adeilad mawr crand 'na, mae hi'n neb. Paid cymryd dim nonsens." Nid Catrin oedd Ffion yn ei ofni, ond wnaeth hi ddim dangos hynny chwaith a newidiodd y pwnc.

"Sgwn i beth ma Richie'n neud y dyddie hyn?"

"Falle wela i e lawr yn y ganolfan waith, a'r ddau ohonon ni ar y dôl."

"Wyt ti wedi meddwl be wnei di?" mentrodd Ffion.

"Wel, weles i hon y bore 'ma. Clust i Wrando," meddai Alaw gan estyn y papur i Ffion a mynd ati i wneud paned wrth iddi ddarllen.

"Mae'n edrych yn ddelfrydol i ti. Her newydd. Yn union beth sydd angen arnot ti. Ac rwyt ti yn un dda am helpu pobol. Ti wedi bod mor dda wrtha i."

"Sa i'n siŵr. Ma rhywun yn colli hyder…"

"Dere am wâc 'da fi i'r dre pnawn 'ma."

"Ond sa i wedi bod mas ers…"

"Edrych, mae'n brynhawn neis. Gewn ni wâc, pip yn y siope, cinio bach neis. A falle allwn ni chwilio am rywbeth i ti i wisgo i'r cyfweliad."

"Sa i wedi ymgeisio 'to!"

"Dere mlaen, fyddan nhw'n siŵr o dy gyfweld di."
Ochneidiodd Alaw yn amheus. "Reit, dere, dw i ddim yn
cymryd na fel ateb. Rwyt ti a fi'n mynd i gael prynhawn
i'r brenin, iawn?"

"Iawn," atebodd Alaw cyn loncian lan staer i newid, ac
aeth Ffion ati i gasglu gweddill y darnau jig-so.

Creu argraff

Eisteddai Richie wrth fwrdd i ddau yn y Fat Cat yn disgwyl ei ddêt. Efallai bod dêt yn air rhy gryf. 'Cwrdd am ddrinc' oedd yr ymadrodd ddefnyddiodd Richie wrth ofyn i Dave, os y cofiai'n iawn. Ond erbyn meddwl, roedd mor nerfus wrth ofyn ar y ffôn, Duw a ŵyr beth ddywedodd.

Dave awgrymodd y lleoliad, a'i enw anffodus. Ond doedd dim ots. Craffodd ar ei oriawr. Dwy funud i wyth. Roedd hi'n iawn iddo fod yn gynnar. Fe oedd wedi gofyn am gwmni Dave wedi'r cyfan. Efallai ei fod yn y dafarn yn barod. Doedd gan Richie ddim syniad sut olwg oedd ar Dave ond mynnai yntau y byddai'n adnabod Richie. Roedden nhw wedi cyfnewid rhifau ffôn, beth bynnag. Roedd y dafarn yn dywyll gyda channwyll fach ar bob bwrdd. Roedd y gerddoriaeth yn rhy uchel i Richie allu meddwl yn glir, a da o beth oedd hynny o bosib achos roedd ei ben yn dweud wrtho am ddianc nerth ei draed. Awgrymai ei ddewis o dafarn fod Dave yn iau nag e, ond doedd dim iws codi gobeithion, wedi'r cyfan doedd e ddim yn gwybod unrhyw beth amdano.

Sylwodd fod pobl yn dechrau syllu arno ac yntau yno'n disgwyl yn ddi-ddiod. Teimlai fel dweud wrthynt nad oedd hi'n wyth o'r gloch eto, ac nad oedd disgwyl i'w gwmni gyrraedd tan hynny. Mae'n siŵr mai dyna pam na ddylech dorri'r rheol euraidd o beidio â chyrraedd dêt yn gynnar.

Cofiodd am y ffôn yn ei boced ac aeth ati i chwarae â honno i guddio'i lletchwithdod.

Edrychai Richie ar ei orau, a'i ben yn disgleirio. Prynodd grys, trowsus ac esgidiau newydd at yr achlysur. Roedd ei betruster ynghylch gwario wedi hen ddiflannu. Er ei bod hi'n ganol gaeaf, penderfynodd fynd am grys llewys byr, er mwyn i gynffon chwareus y siarc ar ei fraich ddod i'r golwg.

Am wyth o'r gloch ar ei ben, cyrhaeddodd Dave, yn hync tal, melynwallt, cyhyrog. Yn ôl yr addewid, adnabu Richie yn syth bìn a'i gyfarch â choflaid gref. Roedd ei anadl yn anwesu pen moel Richie a'i siwmper yn arogli'n fendigedig, fel dillad gwely glân Catrin Rowlands.

"'Nest ti fy nabod i!" meddai Richie a'i dafod yn glymau.

"Mae dy lun di ar wefan Pawb FM," atebodd y pishyn gan dynnu ei got a'i gosod ar gefn ei gadair.

"Ac rwyt ti'n dal yma?" holodd Richie gyda thinc drygionus yn ei lais. Crychodd Dave ei dalcen mewn penbleth gan amlygu'r ffaith nad oedd ganddo grychau o gwbl cyn gwneud hynny.

"Beth wyt ti moyn i yfed?" holodd Richie i dorri ar y lletchwithdod.

"Ga i hon," cynigiodd Dave gan fwriadu hawlio'r bil 'nôl wrth yr elusen.

"Na, dw i'n mynnu," medd Richie gan deimlo ysfa i fod yn dadol wrth y llanc ifanc. Aeth y ddau at y bar a dewisodd Dave beint o XXXX gan bwyntio at y pwmp melyn priodol. Dechreuodd Dave sgwrsio â'r weinyddes. Roedd yn amlwg ei bod hi'n gyfarwydd iddo.

"*Can I have two pints of x, x, x, x, please?*" holodd Richie. Chwarddodd Dave a'r weinyddes mewn anghrediniaeth. O sylweddoli ei gamgymeriad, teimlai Richie ei fod 'nôl gyda'i fam am eiliad a hithau'n gwneud hwyl am ei ben. Rhoddodd Dave ei law ar gefn Richie, yn is nag y byddai ffrind wedi gwneud ond yn uwch nag y byddai sglyfath budur wedi gwneud.

"*Four x* yw e," cynghorodd Dave yn dawel yn ei glust gan ddal ei law ar gefn Richie am hanner eiliad yn hwy nag oedd angen. Roedd ei wallt yn arogli fel powlen ffrwythau.

"Dw i ddim wedi bod fan hyn o'r blaen," medd Richie wrth sipian ei ddiod gan ymdrechu i ymddangos fel pe bai'n gyfarwydd â'r blas.

"Dw i ddim yn dod ma'n amal chwaith."

"Ond o't ti'n nabod y ferch y tu ôl i'r bar." Diawliodd Richie'r geiriau cyn iddynt adael ei geg gan eu bod yn gwneud iddo swnio fel cariad cenfigennus yn barod.

"Un o ffrindiau fy chwaer i. Dw i ddim yn cofio'i henw hi."

"Ruth," atebodd Richie, oedd wedi talu sylw i'w bathodyn, gan roi ei droed ynddi eto.

"O ie, do'n i ddim yn gwybod ei bod hi'n gweithio yma," meddai Dave. Penderfynodd Richie mai bod yn onest oedd y syniad gorau, felly aeth yn ei flaen i brofi'r dŵr.

"Dw i wedi bod yn byw 'ma ers dros ddeugain mlynedd a prin iawn yw'r tai tafarn dw i wedi bod iddyn nhw. Mae'n rhaid dy fod ti'n meddwl mod i'n ddyn diflas iawn."

"I'r gwrthwyneb, Richie. Ti yw'r dyn mwya diddorol dw i wedi'i gyfarfod ers amser hir, hir." Syllodd Dave arno, fel pe bai'r eiliad honno yr un fwyaf tyngedfennol yn ei fywyd.

"O?" holodd Richie, a'i lais wedi cyrraedd traw annaturiol o uchel.

"Ti'n ysbrydoliaeth. Dyna pam mae gen i rywbeth hoffen i ofyn i ti." Gwridodd Richie a gwenodd yn ddisgwylgar. Eto, gwnaeth Dave i Richie aros am eiliad yn hwy nag oedd angen.

"Fe fydden i wrth fy modd pe gallet ti arwain ymgyrch nesaf Clust i Wrando." Suddodd calon Richie i'w esgidiau newydd. "Ymgyrch i annog dynion canol oed i drafod eu teimladau."

Pan glywodd Richie'r geiriau 'canol oed' byddai waeth fod Dave wedi piso yn ei beint ddim. Efallai byddai hynny wedi rhoi gwell blas ar y ddiod afiach.

"Mae'r ffordd rwyt ti wedi llwyddo i siarad am dy orffennol di a thrawsnewid dy fywyd er gwell yn esiampl i gymaint o ddynion. Ti'n gêm?" holodd Dave.

Gwenodd Richie'n ddewr i guddio'i siom o sylweddoli mai dyna oedd pwrpas y cyfarfyddiad. Y cyfarfyddiad yr oedd e wedi ei gymryd fel dêt. Byddai'n rhaid iddo dderbyn y gwahoddiad gan y byddai'n ffordd dda o weld mwy ar Dave.

"Bydd rhaid i fi feddwl am y peth dros nos, ond dw i ddim yn gweld pam lai. Unrhyw beth i helpu'r elusen," atebodd Richie.

Aeth Richie adre'r noson honno heb wybod beth i'w gredu. Cyfarfod proffesiynol oedd y noson ond allai e ddim anghofio'r cyffyrddiad hwnnw wrth y bar. Mae'n siŵr nad oedd yn ddim byd ond roedd yn ddigon i gadw gobeithion Richie ynghyn. Soniodd e ddim am ei fywyd personol, felly hyd y gwyddai Richie, gallai fod ganddo wraig a phlant. Ond y gwir amdani oedd fod ganddo yntau, o bawb, blentyn. Cerddodd adre a'i ben yn troi, a chafodd ei gebáb cyntaf ar y ffordd 'nôl, mewn ymgais i sobri.

Does unman yn debyg

Taenodd Catrin y cynfasau Laura Ashley newydd ar draws gwely Andrew. Rhedodd ei llaw dros lyfnder y cotwm a rhyfeddu at y patrwm. Patrwm prysur ond eto ni theimlai y byddai byth yn blino arno. Hap a damwain oedd y ffaith ei fod yn gweddu i'w stafell, yn ogystal â'r ystafell sbâr. Doedd eu symud nhw o'r naill stafell i'r llall ddim yn rhan o'r cynllun pan brynwyd nhw, ond roedd Catrin wedi hen arfer â gorfod newid y cynllun.

Roedd Andrew wedi ffonio i ddweud mai hanner awr fyddai tan iddo gyrraedd ac roedd arogl *calzone* yn y popty yn treiddio o'r gegin, neu pitsa posh fel mynnai Andrew ei alw.

Ni wyddai Catrin beth oedd ei reswm dros adael Aberystwyth a sylweddolai y byddai'n annhebygol o gael ateb gan ei mab tawedog. Wnaeth hi ddim holi rhyw lawer dros y ffôn, dim ond trefnu dau ddyn a fan i ddod i'w gasglu fore trannoeth. Doedd fiw iddi hi fynd ei hun gan na fyddai cario bocsys trwm yn gwneud dim lles i'w phengliniau ciami ac roedd hi'n bwysig nad oedd Andrew yn gwneud y gwaith chwaith gan fod cymalau gwan yn rhedeg yn y teulu. Doedd fawr o le i gartio trugareddau yn ei char, beth bynnag.

Cyrhaeddodd y dynion a dadlwytho o fewn dim. Dim ond tri bocs a ches dillad oedd gan Andrew i'w gludo yn eu fan fawr, ond wnaeth y dynion ddim grwgnach am y siwrne seithug ar ôl cael y bore hawsaf o waith gawson nhw erioed. Roedd cinio'n barod cyn gynted ag y camodd Andrew drwy'r drws. Doedd fawr o archwaeth arno yn ôl ei arfer ac oni bai bod ei fam wedi paratoi ei ffefryn, fyddai e ddim wedi trafferthu dod at y bwrdd.

"Beth aeth o'i le 'te?" holodd Catrin wrth basio'r salad i'w mab. Gwrthododd hwnnw gynnwys y bowlen bren. Gwrthododd ateb y cwestiwn hefyd. Dechreuodd Catrin gyda'r posibiliad lleiaf tebygol er mwyn dod at wraidd y broblem.

"Hiraeth oedd arnot ti?" Ysgydwodd Andrew ei ben.

"Ddim yn lico'r gwaith?" Ysgwyd ei ben wnaeth Andrew eto.

"Oedd y plant eraill yn gas i ti?" Crychodd Andew ei drwyn tyllog a edrychai fel sbwnj pinc wedi'r blynyddoedd o frwydro yn erbyn ei blorod.

"Do'n nhw ddim fel ni, ti'n gwbod," atebodd. Gwenodd Catrin. Doedd hi ddim yn gwybod am be ar y ddaear oedd y bachgen yn sôn, a hwythau'n eistedd gyferbyn â'i gilydd, mor anghymharus â chath a llygoden. Ond beth bynnag oedd y peth hwnnw oedd yn eu huno a'u gwneud nhw'n wahanol i weddill y byd, roedd hi'n falch ohono.

"'Wy'n deall," nodiodd Catrin â'r sicrwydd hwnnw na all neb ond mam ei roi. Y fam sydd wastad yn gwybod yn well. Ceisiodd Andrew bigo mwy ar ei ginio er mwyn ei phlesio.

"Gad hwnna os nad wyt ti moyn e," meddai Catrin a manteisiodd Andrew ar y cyfle i ddianc rhag yr holl fwyd gan wneud esgus tila ei fod yn teimlo'n sâl ers y siwrne.

Rhedodd lan y staer i'w stafell wely hyfryd – i wneud beth, Duw a ŵyr.

"'Wy wedi prynu digon o Monster Munch os fyddi di'n llwglyd nes mlaen!" bloeddiodd Catrin ar ei ôl. Dychwelodd at y bwrdd i orffen ei phryd, cyn mynd ati i gladdu gweddillion ei *calzone* yntau hefyd.

Roedd hi wedi bwriadu treulio'r prynhawn yn rhoi trefn ar geriach ei mab ond ymddangosai nad oedd rhyw lawer i'w wneud. Dim ond dau lond peiriant o ddillad oedd ganddo i gyd, felly penderfynodd olchi'r cyfan cyn rhoi trefn ar ei bethau. Roedd ganddo fag ymolchi, cluniadur, argraffydd, dau bot nwdl, dwy fforc, dwy lwy, dau blât a dwy fowlen ac roedd gweddill cynnwys y bocsys yn waith ac yn llyfrau. Ar dop y pentwr llyfrau, gyda nod llyfr yn ei ganol, roedd cyfrol yr adnabu Catrin yn syth – *The Genealogy of Chess*. Roedd hi wedi prynu'r union gyfrol i Richie ar ryw achlysur pan oedden nhw'n caru. Agorodd y clawr. Roedd y dudalen gyntaf wedi'i rhwygo mas. Yno roedd hi wedi ysgrifennu ei chyfarchiad ar yr anrheg. Yn ei le roedd nodyn rhydd oddi wrth Richie. O leiaf roedd rhyw wefr i'w deimlo o weld ei lawysgrifen.

Annwyl Andrew

Wrth glirio'r tŷ, gwelais hwn. Meddwl y byddet ti'n hoffi ei ddarllen. Fe ges i lawer o fudd ohono. Gobeithio y gelli di ddod draw am gêm a dangos dy dacteg au newydd pan fyddi di adre dros y Nadolig.

Cofion,

Richie

Cododd y llyfr at ei ffroenau a mwynhau'r oglau oedd wedi glynu i'r tudalennau ar hyd y blynyddoedd. Efallai byddai Richie'n gwybod pam roedd Andrew wedi gadael Aberystwyth mor ddisymwth. Penderfynodd godi'r ffôn ar ôl gorffen clirio. Roedd hawl ganddo gael gwybod fod Andrew 'nôl, beth bynnag.

Rhoddodd holl waith coleg Andrew mewn bocs a'i gludo i waelod y grisiau yn barod ar gyfer yr atig. Yno, ar waelod y grisiau, roedd arogl y *calzone* a sŵn cerddoriaeth glasurol Andrew yn cwrdd. Ar hyd y blynyddoedd roedd Catrin wedi dyheu am glywed sŵn aflafar metel trwm yn dod o stafell ei mab, neu rywbeth bach mwy normal ond, am unwaith, eisteddodd ar y staer i werthfawrogi'r gerddoriaeth. Arhosodd yno am rai munudau a theimlo dagrau'n pigo yn ei llygaid am y tro cyntaf ers blynyddoedd maith. Teimlodd ryddhad o wybod nad oedd hi wedi colli'r ddawn i lefen. Bodlonodd ar un deigryn yn unig i'w hargyhoeddi.

Doedd dim amser i oedi gan fod gwaith yn galw, fel arfer. Dechreuodd godi'n drwsgl i fynd i'r gegin i wrando ar raglenni prynhawn Pawb FM. Tybiodd y byddai gwrando ar y peiriant golchi'n fwy difyr.

Dalen lân

Roedd Alaw Mai'n gwrando ar gasgliad newydd o ganeuon ar ei iPod. Casgliad o'r enw 'Caneuon cerdded i'r gwaith'. Doedd ond deuddydd ers ei chyfweliad gyda Clust i Wrando ac roedd y ffaith y gallai ddechrau'n syth bìn yn fantais fawr iddi gan eu bod nhw eisiau lansio'r ymgyrch newydd ym mis Ionawr. Roedd hi wedi storio ei hoff ganeuon yn y rhestr ac addunedodd y byddai hi'n cerdded i'r gwaith yn ddyddiol nawr gan ei bod hi'n gweithio o naw tan bump am y tro cyntaf erioed. Wrth anelu am ganol y ddinas, sylwodd fod nifer yn cerdded i'r un cyfeiriad ac yn gwrando ar gerddoriaeth a theimlodd, am unwaith, ei bod hi'n perthyn. Roedd cerdded i'r gwaith, er bod y daith yn para tri chwarter awr, yn brofiad cymaint brafiach na gyrru drwy draffig yn y bore. Dechreuodd hyd yn oed ystyried gwerthu ei char a phrynu beic yn ei le.

Cyrhaeddodd dderbynfa Clust i Wrando, diffoddodd yr iPod a diosg ei menig meddal newydd – anrheg oddi wrth Ffion i ddymuno'n dda iddi yn ei swydd newydd. Roedd swyddfeydd yr elusen yng nghanol y ddinas er hwylustod i unrhyw un fyddai'n dymuno galw i mewn yn hytrach na sgwrsio dros y ffôn. Roedd hi'n dair munud i naw. Ardderchog. Prydlon, heb fod yn anghwrtais o gynnar. Canodd y gloch a disgwyl sylw. Eisteddodd ar un o'r cadeiriau plastig oer a cheisio cynefino â'r lle. Roedd mor wahanol i dderbynfa olau Pawb FM a'i soffas chwaethus. Yma, roedd y waliau wedi eu peintio'n felyn, fel pe bai hynny am helpu'r cwsmeriaid gyda'r felan ac roedd cant a mil o daflenni ar hyd y lle a phosteri ar y waliau am bob math o bynciau meddygol a seicolegol. Clywodd sŵn traed ystwyth yn dod i lawr y grisiau a llais llon yn hymian alaw 'Calon lân'. Gwyddai Alaw yn syth mai Gladys Mair oedd yno. Ymddangosodd mewn legins blodeuog at ei fferau a phâr o sandalau Scholl. Cododd cryd dros Alaw Mai wrth ddychmygu pa mor oer oedd ei thraed bach hi.

"Alaw Mai, llongyfarchiadau!" cyfarchodd Gladys yn gynnes.

"Diolch yn fawr."

Estynnodd Alaw am ei llaw, ond roedd braich Gladys wedi'i orchuddio mewn plaster melyn neon ac yn gorffwys mewn sling.

"Mae'n ddrwg 'da fi, ges i anffawd yn y gampfa neithiwr. Ro'n i'n cau fy llygaid ar y peiriant rhedeg rhag i fi weld yr hen ddelweddau pornograffig erchyll maen nhw'n mynnu eu dangos ar y sgrins, ac fe ges i godwm."

"O diar," meddai Alaw gan ymdrechu i swnio'n ddiffuant.

Arweiniodd Gladys hi at waelod y grisiau lle roedd drws diogelwch.

"Reit, y drws. Y côd yw 3927. 'Nes i ei osod e fel ei fod e'n rhwydd i gofio. Tri deg naw o lyfrau yn yr Hen Destament, dau ddeg saith yn y Testament Newydd."

"Rhwydd!" cytunodd Alaw rhag ymddangos yn dwp.

Dechreuodd Alaw ailadrodd y rhifau drosodd yn ei phen nes y byddai'n cael hyd i bapur a phensil. Dringodd y ddwy y grisiau serth at y swyddfa a oedd yn lled gyfarwydd i Alaw ers y cyfweliad. Roedd y gofod prin wedi ei rannu'n bedair ystafell, yn wahanol i swyddfeydd mawr agored Pawb FM. Roedd yno ddwy swyddfa, cegin ac ystafell breifat i ateb y galwadau. Byddai'n rhaid iddyn nhw ddefnyddio'r tŷ bach ar y llawr gwaelod, oedd at ddefnydd pawb yn yr adeilad.

"Fan hyn fyddi di," meddai Gladys, a'i chyfeirio at ddesg wag mewn swyddfa i ddau. "A dyma Dave," ychwanegodd gan gyflwyno'r hync melynwallt fyddai'n eistedd gyferbyn â hi. Tynnodd Dave ei sbectol secsi ac edrych ar y ddwy gyda'i lygaid treiddgar a gwên y byddai unrhyw ddeintydd yn falch ohoni. Roedd wedi ei wisgo'n drwsiadus mewn crys gwyn a streipen biws, tei piws a thanc top gwlan piws. Nid oedd yn annhebyg i Tony Mahoney, meddyliodd Alaw.

"Dave sydd yng ngofal yr ochr dechnolegol – systemau ffôn, cyfrifiaduron, y wefan ac yn y blaen ac mae e hefyd yn gwneud gwaith dylunio a marchnata, felly byddwch chi'n gweithio'n agos iawn gyda'ch gilydd ar yr ymgyrch newydd."

Cyflymodd calon Alaw wrth feddwl amdani hi a Dave yn agos. Doedd dim modrwy ar ei fys na lluniau plantos bach ar ei ddesg. Roedd pethau'n argoeli'n dda.

"'Wy'n edrych mlaen i weithio gyda ti, Alaw. O'n i'n clywed bod lot o syniade da gyda ti yn y cyfweliad…" Gwridodd Alaw. Canodd y ffôn yn yr ystafell breifat.

"Fel y gweli di, mae angen ein cymorth ni bob awr

o'r dydd. Esgusoda fi," meddai Gladys ac aeth i ateb yr alwad.

"Reit, y pethe pwysig yn gynta. Te neu goffi?" holodd Dave, wrth anelu am y gegin fach wrth ochr y swyddfa.

"Coffi, plis," meddai Alaw a chymryd ei lle y tu ôl i'r ddesg a thanio'r cyfrifiadur. Edrychai ymlaen at roi ei phethau arni a gwneud iddi edrych yn gartrefol. Byddai'n rhaid iddi beidio rhoi lluniau o blant Delun arni, rhag i Dave gamddeall!

"Wyt ti wedi cael brecwast?" holodd Dave wrth roi dau ddarn o fara i dostio. Byddai Richie wedi mynd drwy'r to pe bai wedi'i gweld hi'n brecwasta yn y gwaith ers talwm.

"Do, diolch." Roedd Alaw wedi codi'n gynnar i wneud uwd iachus ac wedi'i fwyta gyda ffrwythau ffres.

"Dwedodd Gladys dy fod ti'n awyddus i gael wyneb adnabyddus i arwain yr ymgyrch..." meddai Dave o'r gegin wrth aros am ei dost.

"O, dim ond syniad nath fy nharo i yn y cyfweliad..."

"'Wy'n credu dy fod ti wedi taro'r hoelen ar ei phen, ac mae 'da ni'r person delfrydol..."

"O, reit?" holodd Alaw yn falch gan synnu bod ei syniadau yn cael eu cymryd o ddifri a hithau'n gwybod nemor ddim am farchnata.

"Wel, gan fod yr ymgyrch yn targedu dynion canol oed, ro'n ni'n teimlo mai dyn canol oed sydd angen arnon ni. Ac mae gyda ni rywun sydd wedi elwa o'n gwasanaethau ni wedi cyfnod o iselder..." Cododd Alaw ei haeliau ond roedd ganddi deimlad annifyr ei bod yn gwybod beth fyddai'n dod nesaf.

"Mae hyn yn hollol gyfrinachol wrth gwrs... Richie Edwards." Popiodd tost Dave a suddodd calon Alaw i'w bag llaw newydd o dan ei desg.

"Aha," ymatebodd Alaw, o'r diwedd a thraw ei llais yn annaturiol o uchel wrth iddi geisio cuddio'i siom.

"Mae e'n ddyn hyfryd, wedi llwyddo i ddygymod ag amgylchiadau anodd iawn dros flynyddoedd maith, fel wyt ti'n gwybod, wrth gwrs." Doedd Alaw ddim yn gwybod ond, fel gyda llyfrau'r Beibl, wnaeth hi ddim dangos hynny, chwaith. Dechreuodd Dave daenu menyn ar ei dost.

"Roedd Gladys a fi'n sôn falle y gallen ni gynnal brecwastau arbennig ar draws y wlad i godi ymwybyddiaeth o'r elusen gan dargedu dynion mewn canolfannau cymunedol neu mewn ambell weithle, gan fod Richie'n cael ei gysylltu â'r bore. Dim ond syniad, cofia, dw i'n siŵr fod 'da ti ddigonedd o syniadau dy hun hefyd."

Daeth Dave â dau goffi a'r tost o'r gegin. Darllenodd Alaw'r neges ar ei mŵg. *Mae pob mŵg angen clust! Ffoniwch CIW Cymru 08001 100 100.*

"Falle allen ni gael mygiau â llun Richie arnyn nhw hefyd!" awgrymodd Dave ond wrth iddo gyffroi, gollyngodd ddarn o dost ar lawr.

"O, cachu hwch! Wastad yn cwmpo 'da'r menyn sha lawr!" ebychodd Dave. Diolchodd Alaw fod Gladys Mair allan o glyw'r fath iaith. Aeth Dave â'r tost yn syth i'r bin. Byddai Alaw wedi chwythu arno a'i fwyta 'run fath. Estynnodd glwtyn i sychu'r llawr ac edmygodd Alaw ei ben-ôl siapus wrth iddo blygu.

"Mae'n ddrwg 'da fi, dy ymgyrch di yw hon, a dwi'n

mynd ar gefn fy ngheffyl," meddai cyn estyn ei goffi a'i dost a setlo i eistedd wrth ei ddesg ei hun.

"Beth alla i neud gynta heddi?" holodd Alaw ymhen ychydig.

"Wel, mae Gladys wedi paratoi rhyw bethau i ti, dw i'n meddwl. Felly waeth i ti aros nes daw hi oddi ar y ffôn."

"Oes rhywbeth ga i neud yn y cyfamser?" Edrychodd Dave arni mewn penbleth tan iddo gael syniad am dasg ar ei chyfer. Estynnodd ddogfen i Alaw a llenwodd ei ffroenau â phersawr oglau ffrwythau ei wallt.

"Pam na gymeri di olwg ar hwn? 'Nest ti gynnig yn y cyfweliad y byddai'n dda cyhoeddi straeon onest am ddynion canol oed sydd wedi dioddef ag iselder. Wel dyma ni, pennod gyntaf hunangofiant Richie Edwards. Newydd gyrraedd yn y post y bore 'ma. Dw i heb gael cyfle i'w ddarllen e 'to. Mae e'n dweud nad yw ei iaith e'n dda iawn, felly gan fod dy Gymraeg di cystal, allet ti gael cip arno fe?"

Gwenodd Alaw a dechrau arni'n ddewr, wedi ei harfogi â beiro goch.

Ar glawr y pentwr roedd tudalen â'r geiriau '*Byw o'r diwedd!* gan Richie Edwards' mewn ffont cyfarwydd Comic Sans, maint 18. Trodd y dudalen a gweld y geiriau:

I Alaw Mai, gydag ymddiheuriadau.